魔豆

明明是魔族的我，

為什麼變成了拯救人界的英雄？

vol.1

天罪——著

明明是魔族的我，為什麼變成了拯救人界的英雄？ vol.1

目錄

克拉蒂 精靈人
克勞德 牛頭人 魔
智骨 骷髏 魔

明明是
魔族的我，
為什麼變成了
拯救人界的英雄？

CHARACTERS

Prologue

不同文明之間的接觸往往容易造成衝突，如果以世界爲規模，最終形成的悲劇將更是盛大。

魔界。

人界。

魔神曆7291年／神聖曆1591年，兩個原本毫無交集的世界，在某些不明原因的作用下，突然打開了連接彼此的道路。一個被稱之爲「門」的空間扭曲區域，將雙方的存在同時暴露出來。

對於突然出現的異世界，兩邊原先都抱持著謹慎的態度。一開始的接觸相當友好，然而和平的氛圍很快就被打破，在野心與欲望的推動下，終於爆發了戰爭。

兩界大戰持續了十年，最後在誰也沒有獲得利益的情況下草率落幕。魔界沒能進入「門」的另一側，人界也無法在「門」的對面立足。

爲了監視「門」對面的魔界軍，人界軍特地在「門」的前方建立了一座史無前例的要塞都市。這座要塞被命名爲「正義之怒」，它擁有高聳堅固的城牆、最精銳的魔導砲陣武器系統、足以讓十萬軍隊自給自足的生活與生產設施。魔界軍曾數次發兵攻打正義之怒要塞，但全都慘敗收場，最後索性學起了人界軍，只在「門」的內側駐軍防守，不再輕易進攻。

就這樣，兩個世界隔著「門」對峙了漫長的時光。

魔神曆7698年/神聖曆1998年，約四百年後，人界主動吹響了戰爭的號角。

作爲發起戰爭的一方，人界軍必然有著相當的把握才會主動出擊。然而事態的進展卻出乎他們的意料，魔界軍的反撲既強力又迅速，不僅擊退了他們的進攻，甚至將戰線一口氣推進到正義之怒要塞。

人界軍高層本以爲這次也能依靠堅固的要塞都市擋住對方，沒想到正義之怒要塞的武器系統竟然半數以上失效！原來由於長年沒有發生戰爭，要塞指揮官私下挪用了武器系統的維持經費，而且還不只一任這麼做過。

經過十七天的激戰，正義之怒要塞終於宣告失陷，魔界軍正式在人界奪取了進攻的橋頭堡。

正義之怒要塞的陷落引發人界的震動，諸國紛紛慷慨解囊，以最快速度組織軍隊，企圖奪回要塞，然而過程並不順利。當初魔界軍進攻正義之怒要塞所吃的苦頭，這次輪到人界軍自己品嘗了。

雖然武器系統尚未修復，但要塞的地形優勢與堅固城牆並沒有消失，再加上魔界軍基地就在「門」的後面，有充足的援軍與補給，打起防守戰來綽綽有餘。

人界軍以不計犧牲的勢態猛攻了三個月，雖然付出了巨大的代價，但依舊沒能奪回正義之怒要塞。最後人界軍撤退，在距離要塞二十公里處駐紮，與魔界軍保持對峙。

雙方的實力都因爲連番大戰而受損，短期之內無法恢復元氣。無論是魔界軍或人界軍都按兵不動，爲了下一次的戰鬥默默地積蓄力量。

就這樣，一年過去了。

魔界軍依舊維持防守，人界軍依舊沒有反攻。原本應該是戰火紛飛的前線變得異常平靜，彷彿重新回到了過去的和平對峙時代。雖然有識之士都認爲這只是暴風雨前的寧靜，但若要問這場暴風雨究竟何時會來，恐怕他們也無法回答。

然而此時沒有人能想到，一個傳說竟就在這段短暫的和平時間裡開始醞釀，最終成爲終結第二次兩界大戰的關鍵。

魔神曆7699年／神聖曆1999年，屬於某個魔族的華麗故事，在這一年悄悄拉開了序幕……

01.

歡迎來到魔界軍

所謂的天才，是一種凡夫俗子無法理解的生物。

常人需要付出無數心血與努力所磨練出來的技藝或能力，天才一下子就能夠掌握；常人費盡一生依然解決不了的問題或難關，天才在短時間裡就能想到解決的方法。雖然有著相似的外表，但內在卻是完全不同的東西——這就是天才與凡人的差別。

見到優秀的同類會想要攀比，但是一旦察覺到無論如何都無法縮小彼此之間的差距時，人們往往會放下競爭心，轉而研究起「這些優秀的同類之間，究竟哪個更加優秀？」之類的事。

正義之怒要塞，超獸軍團營區大門口的崗哨，兩名士兵正好就在討論這樣的話題。

這兩名士兵的相貌差異極大，其中一名外表與人類無異，並且身穿軍服；另外一名則是狗頭人身，但身上穿的並非軍服，而是鎧甲。

「正義之怒要塞最優秀的天才——毫無疑問，當然是我們的軍團長啦！」

狗頭人士兵一臉驕傲地說道，語氣中充滿熱流。

在人界，軍事才能與個人武力不一定掛勾，因此擅長沙場指揮的將軍很難打贏武藝嫻熟的士兵。魔界剛好相反，地位的高低必須與實力匹配，因此職位越高的魔族越是強悍。

超獸軍團的軍團長是一頭身長超過五十公尺的巨龍，其名黑穹。龍族擁有千年以上的壽命，黑穹的年齡雖然只有龍族平均壽命的五分之一，實力卻已凌駕諸多同族，成功奪下軍團長寶座。

對於狗頭人士兵的言論，人類士兵大表贊同。

「我也覺得我們軍團長是最強的，但這種話離開營區千萬別說出來，會死的。」

「爲什麼？」

人類士兵用憐憫的眼神看著狗頭人士兵。

「新來的？」

「是，我上個月入伍，前天才從魔界調過來。」

「我就知道……吶，給我聽好了，菜鳥。這座要塞除了我們，還有其他三個軍團。你在他們面前說：『我們超獸軍團長最強』這種話，擺明了就是找碴，即使被圍毆也不奇怪。」

魔界軍有八大軍團，當初爲了應對人界軍的攻勢，一口氣派出了四支軍團。事實證明，這個不惜抽調全體魔界軍半數兵力的決策相當正確，人界軍不僅被趕出了魔界，甚至連正義之怒要塞也被奪走。

如今駐守於正義之怒要塞的魔界軍，除了超獸軍團之外，還有魔道、不死、狂偶三支軍團，總司令則是魔王之子雷歐。

對於人類士兵的警告，狗頭人士兵一臉不以爲然。

「哼，我只是說實話而已。那些傢伙的心胸也未免太狹窄了，連承認事實的氣量也沒有。」

「……你沒看過其他三位軍團長在戰場上的表現吧？」

「沒有。」

「果然。等你見識過之後，肯定會把剛才那些話收回去，而且還會哭著求我別四處亂傳。」

「……眞的有那麼厲害嗎？」

「啊啊，非常厲害。桑迪大人知道吧？」

「知道。魔道軍團長，聽說他很卑鄙。」

「……是很卑鄙，而且也很強。」

魔道軍團長桑迪，別名「黑暗主教」，堪稱魔王軍最黑暗的角色。

桑迪的黑暗不只體現在性格與法術，也同時體現在服裝品味上。無論氣候多炎熱，他總是穿著厚重的黑色法袍，把自己包得密不透風，看起來一點也沒有身為強者的威嚴，然而若是有人因此心生輕視，那就中了桑迪的計謀。

桑迪最拿手也最令人討厭的戰術，就是示敵以弱。沒人知道桑迪的實力上限究竟有多高，只知道他不論跟多強的對手戰鬥，總是能夠「苦戰獲勝」，或是「一招惜敗」。這樣的事情次數一多，大家也就知道桑迪根本就是在演戲。

「攻打這座要塞的時候，桑迪大人總算使出絕招。他連續放出六系大魔法，直接把一座山脈給轟平。這種破壞力，連黑穹大人都比不上。」

狗頭人發出「咕嘟」一聲，艱困地吞下自己的口水。人類士兵見狀露出冷笑，繼續說道：

「夏蘭朵大人，知道吧？」

「知道。不死軍團長，聽說她很懶。」

「……是很懶，而且也很強。」

不死軍團長夏蘭朵，綽號「巫妖女王」，超字級怠惰病患者。

雖然容貌美艷，卻老是躺在棺材裡睡覺，無論是戰鬥或工作都交由部下處理，完全讓人搞不清楚她的實力究竟是高是低。

「當初把人界軍趕出魔界的，就是夏蘭朵大人。那是我第一次看到她親自出手，數以萬計的不死生物突然同時出現，然後像雪崩一樣撲過來，那個場面有多恐怖，你自己想一想。」

狗頭人士兵試著在腦中描繪畫面，又忍不住吞了一次口水。人類士兵接著說道：

「無心大人，知道吧？」

「知道。狂偶軍團長，聽說很擅長指揮作戰。」

「不只指揮，他本身的實力也很強。」

狂偶軍團長無心，初代魔王親手製造的特異魔像，不眠不休不吃不喝不悲不喜不怒不怨的戰鬥機器。

無心的作戰風格冷靜無情，而且精密異常，幾無破綻可言，在他那有如藝術般的指揮下，狂偶軍團總是能夠締造出不可思議的戰績，就算是面對兵力數倍於己的敵人，也能夠將其擊潰。

「這座要塞的大門就是無心大人打破的。那扇門可不尋常，材質異常堅硬，還用了大量魔法進行加固，就算是黑穹大人的吐息都打不穿。能夠打破那種東西，你覺得無心有多強？」

狗頭人士兵吞下第三次口水，然後深深吸了一口氣。

「請把我剛才的話忘記吧，拜託了。」

「咈咈咈，魔生漫長，你要學的東西還很多呢。其實最近我的記憶力變差了，如果下哨後直接來一杯的話，很多事都會不記得。」

「請務必給我請學長一杯的榮幸！」

「哎呀呀，很會說話嘛。不過學長什麼的稱呼就免了，我們這裡不來這一套。學長學弟制那種垃圾，是無能的二流部隊才會玩的東西。」

超獸軍團不流行學長學弟制，一切以實力與成績說話。雖然這種作法經常被人批評爲野蠻或無腦，但超獸軍團那荒謬絕倫的戰鬥力，足以讓多事者在公眾場合乖乖閉嘴。

定下喝酒的約定後，兩人的話題又轉回原來的軌道，不過內容稍微做了調整，變成「這座要塞有哪些魔族配稱天才」。狗頭人士兵由於才剛調來正義之怒要塞，情報來源嚴重不足，因此只能充當聽眾。

「毫無疑問，四大軍團長肯定是天才，雷歐司令也是。不過如果以他們爲標準，那門檻就太高了，所以條件還是降低一點吧。狂偶軍團不用考慮，那些傢伙的身體是捏出來的，腦子裡的東西是塞進去的，根本沒有才能這種東西。」

狂偶軍團是以魔像、傀儡、構裝生物等非生命體組成的部隊，沒有智力與自我意志，只有軍團長無心是唯一例外。

「魔道軍團有才能的魔族雖然很多，可是瘋子更多。腦子有問題的天才不叫天才，叫炸彈。那些瘋子打仗時經常神經病發作，連友軍也一起攻擊，配不上天才這樣的漂亮頭銜。」

魔道軍團是以魔法師爲主體的戰鬥部隊，眾所皆知，魔法師是距離精神病患最近的職業。

「不死軍團更不用提，那些不死生物不是沒腦子就是腦子早就爛了，不用期待會出現什麼有才能的傢伙。」

顧名思義，不死軍團是以不死生物所組成的部隊。有智力的不死生物數量稀少，而且大多不怎麼聰明，至於巫妖這種利用魔法由生物轉化爲不死生物的存在則是例外。

「我們超獸軍團就不一樣了，要腦子有腦子，要肌肉有肌肉。才能優秀的傢伙太多了，根本數不完！咈哈哈哈哈！」

「原來如此，果然我超獸軍團才是最強最天才的部隊！汪哈哈哈哈！」

人類士兵與狗頭人士兵齊聲大笑。

附帶一提，超獸軍團在魔界軍之中，素來有「傻瓜回收場」、「肌肉腦集團」、「莽夫集中營」等別稱，在其他魔族眼裡，他們才是距離天才這個名詞最遙遠的部隊。

就在這時，人類士兵的笑聲突然中斷，同時面露猶豫。狗頭人士兵見狀連忙詢問怎麼了。

「不，沒事……我只是想到，這座要塞還有一個絕對夠格被稱爲天才的不死生物，名叫智骨，可是他後來被調來當我們軍團長的副官，所以不知道該把他算是不死那邊，還是我們超獸這邊。」

「黑穹大人的副官？不死生物？」

狗頭人士兵驚訝地張大了嘴。

他的表現並不奇怪，以種族作爲部隊分發標準乃是魔界軍自古以來的傳統，唯有魔道軍團是以職業爲依據。之所以這麼做，是因爲魔界種族繁多，而且作息與價值觀差異極大，要是硬湊在一起肯定會出事。

「那個叫智骨的很厲害嗎？竟然能讓上面爲他打破傳統。」

「很厲害喲，貨眞價實的天才。」

接著人類士兵開始屈指細數智骨的豐功偉業。

以第一名的成績通過軍團考試、在偵察作戰中探知足以左右戰局的重大情報、營救陷入絕境的友軍部隊、發現並剿滅災獸族群、參與祕密任務並大獲成功……

「聽起來還好嘛。」

狗頭人士兵歪頭說道，只要稍具能力，從軍年齡夠久，再加上一點運氣，這些事蹟誰都可能辦到，以鑄造天才之名的基石來說，似乎有些不足。

「以上的事蹟，全都在一年內發生。」

「一年！」

「智骨是去年才誕生的，今年才滿一歲。」

「一歲！」

「他一誕生就入伍，一開始是少尉，現在已經是上尉了。」

「一年之內連升兩級！」

「他是夏蘭朵大人親手製造的不死生物。」

「不死軍團長親手製造！」

「黑穹大人親自指定要把他調來當副官。」

「超獸軍團長親口指名！」

「你覺得他算不算天才？」

「太天才啦——！」

自己一歲時在幹什麼呢？狗頭人士兵忍不住想起這個問題。誠然，有時年齡在名爲種族差異的鴻溝面前沒有意義，但僅僅誕生一年就有如此成就，未來肯定不可限量。

「還沒完呢。要說智骨上尉最厲害的事蹟，就是這個。」

人類士兵邊說邊把手伸進自己衣領，掏出了一條黑灰色項鍊。項鍊的材質既非金屬也非皮革，外表極爲樸素，乍看之下就像是用繩子編織的便宜手工藝品。

「這是……？」

「人類補完計畫，知道嗎？」

「啊啊，那個啊？剛調過來的時候有聽長官提過，就是徵求變成人形的自願者吧？像學長你一樣。那個就是用來變化人形的魔法道具嗎？樣子眞難看。」

「就說不用叫學長了……既然聽過，幹嘛不參加？」

「有意義嗎？把外表變得跟敵軍一模一樣能做什麼？當間諜？我才不要。而且還要每個月寫一次心得報告，有夠麻煩的。我看有些學長也沒有參加。」

人類士兵嘆了一口氣，然後用遺憾的眼神看著狗頭人士兵。

「幹、幹嘛？爲什麼這樣看我？」

「愚蠢吶……你不知道自己錯過了什麼……算了，報名的機會每個月都有，希望你能堅持到那個時候。」

「欸……？什麼？什麼什麼？你到底在說什麼？」

見到人類士兵的表現，狗頭人士兵不禁緊張起來，連忙追問內情。人類士兵沒有理他，直到狗頭人士兵承諾明天還會再請他喝一杯之後，人類士兵才悠悠說出內情。

人類補完計畫。

透過「暫時將魔族轉化爲人形」的方式，徹底解析人界軍的戰技與戰術，進而找出針對性的攻略方法，並且亦能將繳獲的戰利品與各種資源化爲己用，達成以戰養戰的目的，有效減少我方的戰爭損耗。最後還能趁機摸索未來在佔領人界時，必須採取或極力避免的統治方針與策略。

人類補完計畫不僅關注眼前的戰爭，連以後的治理也一併考慮進去了。這種橫跨現在與未來，同時涉及軍略與政略的壯大計畫，正是由智骨所提。如果不是天才，是不可能擁有如此長遠的眼光與謀略的。

狗頭人士兵聽完一臉佩服，但表情很快就轉爲疑惑。

「的確是很厲害啦，但這跟我們這些小兵有關係嗎？爲什麼我不參加計畫就會後悔？」

「還不懂嗎？『將人界軍的戰利品與資源化爲己用』，這就是重點。」

「嗯……？」

狗頭人士兵依舊一頭霧水，人類士兵嘆了一口氣，進一步加以說明。

「人界軍留下的東西，原本其實都是沒有用的。因爲體型尺寸跟身體構造不一樣，所以人界軍的食物、武器、衣服、工具、生活用品，原本只有一小部分魔族可以用，可是現在大家都可以用了。吶，我身上的軍服就是人界軍留下的東西，上面把人界軍的標誌去掉之後，免費發給我們使用。」

狗頭人士兵恍然大悟。

魔界軍是由眾多種族所組成的部隊，有些士兵體型巨如山丘，有些士兵矮如野草；有些士兵沒有固定形狀，有些士兵根本沒有實體，有些士兵有大量觸手，有些士兵連手都沒有。相對地，人界軍以泛人類種族爲主，彼此間的身體差異並不大——或者說，沒有魔界軍那麼大。

人界軍撤離正義之怒要塞時留下了大量物資，原本在魔界軍眼中，這些東西絕大部分都只能當作垃圾處理掉，然而人類補完計畫的出現，完美地將垃圾化爲可用資源，魔界軍的生活水準甚至比以前更好了！

「人界軍可是留下了很多好東西，那些只有變成人形才能用。除了一些腦筋轉不過來的死硬派，現在大家可是都搶著參加計畫呢。」

「好、好東西？有、有什麼？」

「咈咈咈，這個嘛……」

人類士兵笑而不語，狗頭人士兵在付出了第三天也會請對方一杯的承諾後，終於獲得了相關情報。聽完之後，狗頭人士兵不禁流下悔恨的淚水與羨慕的口水。

「早知道我當初就申請參加了……」

「下個月別再錯過了。人化首飾的製造速度沒那麼快，名額有限，所以越早報名越好。」

「可惡，要是之前那個長官有說明清楚的話，我當場就參加了。」

「你白痴啊，這種事情可以公開說出來嗎？當然只能私下講啊！而且大家都在搶名額，要不是看在酒的份上，我才不會告訴你。」

人類士兵用力拍了一下狗頭人士兵的後腦勺，狗頭人士兵沒有生氣，只是一邊摸了摸被打的地方，一邊笑著說道：

「智骨上尉的確是天才，我開始有點尊敬他了。」

狗頭人士兵才剛說完，後腦勺又被人類士兵拍了一下，而且力道比先前更重。

「幹嘛？又怎麼了？」

「白痴，要認眞尊敬智骨上尉！在超獸軍團，他是軍團長之下最該尊敬的魔族！」

「不，那個，學長，我知道人類補完計畫讓你過得很爽，可是也不用——」

狗頭人士兵的抗議突然中斷，因爲他發現有人正朝著營區大門走來。

來者是一名身材高大的人類士兵，這座要塞沒有人類，所以對方肯定也是人類補完計畫的參加者。只是這名高壯士兵手中提著一個小袋子，肩上扛著一具無頭屍體，看起來可疑至極。

狗頭人士兵有些緊張，他本想質問對方來意，然而一旁的人類士兵阻止了他。高壯士兵來到大門口之後，便向人類士兵打招呼。

「我送智骨上尉回來。」

「啊啊，辛苦了。直接進去吧。」

高壯士兵就這樣扛著屍體進入了營區。

狗頭人士兵一臉不可思議地看著高壯士兵的背影發愣，直到數秒後才回過神。

「學、學長！怎麼回事？智骨上尉死了？」

「冷靜！這就是爲什麼我說要尊敬智骨上尉的原因！」

人類士兵喝斥了慌張的狗頭人士兵，然後用低沉的語氣說明情況。

「黑穹大人什麼都好，唯獨有個壞習慣，那就是一旦情緒激動，就會下意識拍打身邊的東西。以黑穹大人的實力，哪怕只是隨手一拍也能粉碎岩石，你覺得那一拍要是落在你身上，會發生什麼事？」

狗頭人士兵想了一下，忍不住臉孔抽搐。

「在智骨上尉轉來之前，每天都有魔族被黑穹大人拍成重傷，甚至當場死亡，不管是軍官或士兵都一樣。現在這個數字已經趨近爲零，你覺得這是誰的功勞？」

「難、難道……所以那個無頭屍體就是……」

「早上跟黑穹大人一起外出視察的智骨上尉。」

「那個袋子裡面……」

「裝著智骨上尉的腦袋碎片。」

然後，人類士兵與狗頭人士兵同時陷入了沉默。

風在嗚咽，彷彿爲了某個偉大的不死生物的犧牲而哭泣。

「……智骨上尉，的確是值得尊敬的天才。」

狗頭人士兵滿懷敬意地喃喃自語。

意識破碎有如紛飛微塵，在沒有盡頭的黑暗中彷徨飄零。

隨著意識的匯聚，名爲記憶的情報也逐漸回歸。智骨最先想起的，是他誕生的那一刻。

當時的他第一眼見到的，是一位非常適合華麗這個形容詞的女性。

彷彿閃耀著光芒的金色縱鬈髮，充滿神祕感的紫色眼眸，淡淡的藍色眼影，以及鮮豔中帶有光澤的紅唇。容貌之美堪稱女神，足以令絕大部分異性一眼就甘心化爲俘虜。

女子身穿繡有燦銀線條的黑色禮服，未被衣物遮蔽的胸口與手臂白皙得驚人，裙子側邊因爲開衩的關係，修長的大腿若隱若現。女子光只是站在那裡不動，就足以成爲目光的焦點。

女子的名字是夏蘭朵。

既是巫妖，也是智骨的創造者。

所謂巫妖，指的是爲了追求魔法的奧祕，不惜將自己轉化爲不死生物的魔法師。然而不同於一般血肉乾枯的巫妖，夏蘭朵的肉體一直保持鮮活，外觀就跟普通生者沒兩樣。這是夏蘭朵獨有的技術，也是超一流魔法師的證明。

「很好。看來新技術成功了。」

看著甦醒的智骨，夏蘭朵露出滿意的微笑。

「既然是骷髏，從今以後你就叫作智骨吧。」

對不死生物而言，創造者的命令是絕對的，因此智骨心懷感激地接受了這個名字。

骷髏——最常見的不死生物，與殭屍並稱爲不死生物的雜魚雙傑。

骷髏的智力很低，力量也很弱，在一對一的情況下，就算是普通人也能打倒他們，因爲實在太過脆弱，必須依靠相當程度的數量才能成爲戰力。

然而骷髏之中也有所謂的上位種。

如果是強者的骨骸，轉化爲不死生物也會很強。雖然實力不會超過活著的時候，卻會獲得某些特殊能力，使敵人感到更加棘手。有些骷髏甚至因爲某些理由獲得知性，能夠學習相對高深的戰鬥技術與魔法知識——例如此時的智骨。

「那麼，現在我要告訴你今後該做些什麼。」

智骨聞言立刻集中全部注意力。

「不久之後，你將會被分配到超獸軍團，擔任超獸軍團長的副官。不過你最主要的工作——」

夏蘭朵的聲音突然頓住，似乎是在思考該用什麼樣的字句才能完整表達內心所想。

「對，沒錯——就是讓超獸軍團長殺到爽！」

明明是巫妖，但夏蘭朵的微笑看起來宛如惡魔。

那充滿惡意的美艷微笑不斷膨脹，最終化爲佔據了所有視野的龐然之物。等到智骨回過神來，意識已經重新變得一片黑暗。

「我不要啊啊啊啊啊啊啊啊啊——！」

智骨發出淒厲的哀號，背部有如裝了彈簧般猛然坐起。

映入眼前的景象不再是那堪比劇毒玫瑰的美麗笑顏，而是單調的桌椅書櫃，智骨立刻領悟到自己剛才是在作夢。由於是不死生物，所以即使被惡夢驚醒，他也沒有像一般人那樣流汗喘氣。

不死生物的情緒波動很容易抑制，因此智骨在一秒內就恢復冷靜，並且掌握了現況：此時的自己正在超獸軍團營區的副官辦公室裡，並且被放置於「復活點」裡面。

所謂的「復活點」只有名字好聽而已，它的眞面目其實是副官辦公室牆角處一塊鋪有白布的狹小空間，專門用來放置「死掉」的智骨，讓他可以安靜復元。

「醒來了？辛苦啦，今天也死了一次。」

一道飽含憐憫的聲音竄入智骨耳中。

出聲者是一名有著短硬紅髮、翠綠色雙眸與古銅色肌膚的俊朗青年，他的身高將近兩百公分，體格修長健碩。因爲捲起袖子的關係，裸露在外的手臂顯現出充滿力量感的肌肉線條。青年給人的第一眼印象就像是運動員或格鬥家，但此時的他手裡卻端著一把五弦琴。

「你的連死紀錄已經刷新了，今晚要不要去射月者慶祝一下啡？」

另一道聲音緊接著響起。

出聲者是一名美青年。削瘦的身材、光澤黯淡的紅色眼眸、留至肩膀的白色長髮，以及彷彿長期沒有接觸陽光的蒼白肌膚，這些外觀特色共同編織出一股濃厚的病弱感。他面前正擺著一份報紙，旁邊還有只剩一半的咖啡與餅乾。

這兩人都是智骨的副官同僚，紅髮青年名爲克勞德，白髮青年名爲菲利。當然，他們都是魔族，如今的相貌是用人化首飾所變的。

「……我這次死了多久？」

智骨一邊撫摸自己的腦袋一邊問道。他正在確認被打碎的頭骨在復元後有沒有混入奇怪的東西，以前就發生過身體重組時不小心摻雜了大量石礫的慘事，害得他當時一走路就會咔咔作響。

「如果不算你被打回來的時間，大概十五分鐘。」

「金風去接你的班了。他臨走前哭著說要是你醒來，一定要快點跟他換手啡。」

金風是智骨另一名副官同僚。由於超獸軍團長副官屬於高危職位，因此特地設置了四名副官，要是一人重傷或死亡，其他人可以立刻頂上。

「這樣啊，十五分鐘嗎……那就湊滿一小時吧。」

智骨很乾脆地重新躺下。

「不愧是天才，明智的選擇。」

「不愧是天才，正確的決定啡。」

對於智骨的行爲，克勞德與菲利不約而同地給予好評。

他們對金風並無怨恨，事實上他們四位副官的交情非常好，只是黑穹身邊實在太過危險了。在生命與友情之間，他們毅然選擇了前者，同時他們也相信要是換作金風，肯定也會做出同樣的事。

辦公室重新恢復了安靜。

智骨繼續躺在自己專用的復活點。菲利在看報紙。克勞德一邊不時撥弄琴弦，一邊在紙上寫東西，看起來像是正在創作樂曲。現在正值上班時間，但三人所做的事情全都跟本職工作毫無關係。

一言以蔽之，就是在偷懶。

安靜的環境有益身心，但有時也容易令人胡思亂想。

胡思亂想的契機，來自於克勞德與菲利最後的那句話——「不愧是天才。」

既非諷刺也非玩笑，兩人的語氣就像是在陳述一件大家都知道的常識。就像天上的太陽會發光、下雨了地面會濕、肚子餓了要吃飯一樣，「智骨是天才」這件事，已經是正義之怒要塞公認的事實。

究竟是哪裡搞錯了呢？智骨心想。

自己什麼都沒做，卻被調到超獸軍團。

自己什麼都沒做，階級卻不斷地上升。

自己什麼都沒做，大家卻稱他是天才。

——不應該是這樣的！我明明只是個普通的、隨處可見的、才剛滿一歲的、純潔又天真的小小骷髏才對啊！天才什麼的，全是假的啊！你們通通誤會了！

智骨在心中大聲吶喊。

並非謙虛或玩笑，而是事實。

……沒錯，一切都是假的。

考試第一名也好，眾多功勳也好，那些華麗的事蹟，事實上都是假的。

智骨本身絕對沒有這麼做的意思，他也沒有能力做這些事，但某些大人物為了達成某個不可告人的目的，以非法手段為他戴上了虛假的榮譽之冠。

智骨的眞面目——只是個很普通的不死生物而已。

最初的起因，在於「超獸軍團長黑穹有隨手拍打東西的習慣」這件事。

眾所皆知，黑穹乃是龍族。

龍是孤高的生物。由於種族數量稀少，他們的社會性很低，非常不適合軍隊這種得要團體生活的組織。即使貴為將軍這種擁有相當特權的高級軍官，黑穹依舊容易累積壓力，經常無意間破壞東西，或是把士兵打傷或打死。

黑穹就算只是隨手一擊，也有碎石破岩的可怕威力，而最容易挨上那隨手一擊的，莫過於必須經常跟在軍團長身邊的副官了。

黑穹的副官平均每十天就會換掉一批，理由是因公殉職——如果被自家軍團長毆打也算「公事」的話。正因如此，超獸軍團長的副官數量不僅是八大軍團之冠，汰換的速度也是第一名。

「妳乾脆借調不死生物當副官如何？」

有一天，黑穹在軍團長會議裡抱怨了副官死亡率太高一事，結果魔道軍團長桑迪突然說道。

乍聽之下似乎是在開玩笑，然而仔細一想，這個點子堪稱絕妙。不但可以讓黑穹發洩壓力，還能有效減輕超獸軍團的人才損耗與撫卹金支出，簡直是一舉數得！

黑穹爲此不惜向夏蘭朵低頭請託，後者很爽快地答應了，於是名爲智骨的沙包型不死生物就此誕生。

只是在人事程序方面，出現了一點小小的技術問題。

魔界軍並非某人的私有物，而是一個結構嚴謹的軍事組織，每一項人事任命都必須符合規則。按規定，將軍級別的副官至少也得是上尉，而一具才剛誕生的小小骷髏，就算通過軍官考試，也必須從最低階的少尉開始幹起。於是夏蘭朵進行了黑箱操作，幫智骨僞造大量功績，令他創下不死軍團有史以來最快的晉升速度，甚至還爲他冠上了「天才不死生物」這樣的頭銜。

當然，夏蘭朵的行爲絕對是違法的，不過以她的權勢地位，哪怕事情曝光也不會有事，但身爲最大受益者的智骨就不一樣了，不僅會被嚴懲，甚至可能被判死刑。

正因如此，智骨絕對不能說出：「你們都誤會了，我不是天才！」這句話，還必須拚命維持這個角色的設定，否則後果不堪設想。

知曉智骨其實只是一個普通不死生物的魔族，就只有夏蘭朵而已。或許有些正義之怒要塞的高層隱約猜到了，但沒有證據，而且他們也沒閒到去揭發這件事。

自己的未來究竟會變成什麼樣子呢？智骨不由得想到這個問題，但任憑他如何揮動想像力的翅膀，通往未來的天空依舊一片混沌。

就在智骨沉浸於思索的世界時，副官辦公室的大門被敲響了。

突然，吹起了一陣風。

那是因爲克勞德與菲利的迅速動作所引發的氣流擾動。

兩人轉眼間回到自己的位子上，五弦琴與報紙也不知道被收到哪裡去了。要是不知情的人看見，絕對會以爲他們正在正經工作。

「上兵阿莫，請示入內。」

門外傳來一道渾厚的聲音，克勞德與菲利明顯鬆了一口氣。阿莫是傳令兵，負責傳達消息。

「智骨上尉，將軍傳喚。」

獲得進入許可後，一名高大的士兵走入房間，對躺在角落裝死的智骨說道。

在超獸軍團，擁有將軍軍銜的只有黑穹。智骨無聲地嘆了一口氣，從地上爬起，然後在克勞德與菲利那混雜著同情與尊敬的目光歡送下，離開副官辦公室。

由於傳令兵沒有特別提醒，因此黑穹應該仍待在營區之外的訓練場。智骨在前往訓練場的路上遇到許多士兵，除了一小部分外，大多數士兵都是身穿軍服的人類姿態，智骨見狀不禁心生感慨。

超獸軍團——就如同它的名字一樣，這支軍團是由魔獸、幻獸、妖獸、奇獸、邪獸等獸類與半獸類魔族組成。在魔界八大軍團裡，超獸軍團囊括了許多第一的頭銜，例如破壞力第一、平均體型尺寸第一、軍糧消耗量第一等等。

眼前的景象就跟普通的人類軍隊沒兩樣，如果不是少數士兵依舊保持著魔族原形，實在讓人很難想像這裡就是大名鼎鼎的超獸軍團。

自然，這一切都是因爲人類補完計畫的關係。

每次一想到或聽到「人類補完計畫」這個名詞，智骨那理應不存在的胃部就隱隱作痛。

智骨很快抵達了訓練場。那是一個被厚重石壁包圍的空曠場所，此時裡面正在進行激烈的戰鬥。

不，用戰鬥來形容並不正確。更貼切的說法，應該是欺凌。

在訓練場的中央，有一群壯漢正在圍攻一名少女。

按照常理，任何人都會覺得少女是被欺凌的一方，然而事實上剛好相反。

少女似乎有著不可思議的力量，每當她的拳腳接觸到那些壯漢，壯漢就會倒飛出去，然後躺在地上動也不動。乍看之下彷彿是在演戲，但是仔細觀察那些倒地的壯漢，會發現他們全都眞的失去了意識，有些甚至還會吐血。

壯漢們的數目超過百人，然而人海戰術對少女完全無效，不論他們撲上去多少人，都會被少女擊飛或摔飛，勝負簡直就是一面倒。即使如此，壯漢們還是不斷地衝上去。

看到這樣的畫面，智骨不禁聯想到「巴里霍夫熔岩浴」這句魔界俗諺，據說人界也有類似的警言，叫「飛蛾撲火」。

「智骨啊啊啊啊啊啊啊——！」

伴隨著充滿喜悅感的尖叫，智骨被一道黑影從後方猛力撲倒。

偷襲者是一名金髮藍眼、長相俊俏的青年軍官。只見他一邊抱著智骨的腰，一邊眼眶含淚地喊道：

「你終於來了！我終於等到你了！今天本來就不是我輪值，爲什麼要我接班啊！那個籤一定有問題啊！我遺書都還沒寫好！我還要跟凱薩琳、莎拉、潔西卡約會！也還沒跟比琪、黛西、愛琳、萊麗雅約會！我不能死啊啊啊啊啊——！」

「……這樣啊，看來我應該晚一點來的，金風。」

爲了魔界女性的貞潔著想，智骨覺得對方還是早點死一死比較好。

這位名叫金風的青年就是智骨的第三個副官同僚。長相俊俏，能言善道，興趣是交朋友，如果對方是異性的話，熱忱更是倍增。

由於金風的抱怨看起來還要好一陣子，於是智骨沒有理會他，將視線投向訓練場。場內，少女仍持續進行著以一敵多的凌虐行爲，並且不時「啊哈哈哈」地放聲大笑。

「……太好了，黑穹大人似乎心情不錯。」

智骨低聲呢喃。金風聽了也停止哭訴，同樣壓低聲音說道：

「因為之前不小心打爆你的腦袋的關係吧。幸虧她心情好轉，這些士兵才沒有受重傷，只是吐血或骨折而已。」

「……不，那種程度已經算重傷了吧。」

有時智骨實在很難理解超獸軍團的感性。只能說在軍團長黑穹的支配下，這些士兵已經變成類似受虐狂的東西了吧，不然無法解釋為什麼他們明明已經被打到當場嘔吐了，臉上卻露出愉悅之情。

是的，那名正在訓練場上凌虐眾人、留著長及腰際的黑色直髮、身材嬌小的美麗少女，正是有著「天空的災厄」、「破滅之瞳」、「屠龍者剋星」、「龍形粉碎器」等綽號的超獸軍團長——邪龍黑穹。

黑穹的真面目是一頭全長超過五十公尺的巨龍，如此龐大的身體在戰鬥時很有利，但日常生活相當不便，特別是在軍隊這種團體生活的地方。以前黑穹會用魔法將自身縮小到十分之一，但還是存在著某種程度的拘束。現在化為人形，體型更進一步縮小後，總算獲得了恣意活動的空間。

「既然黑穹大人心情不錯，你還緊張個屁啊？」

「當然緊張！誰不知道黑穹大人情緒變化超快的，要是她突然心情不爽，隨手拍個一巴掌過來，我就看不到明天的太陽了！你以爲大家都跟你一樣打不死嗎？啊啦——那個——黑穹大人，智骨來了。我跟他換班了哦！」

金風瞪大雙眼反駁，然後很快就轉換表情與語氣，朝正在訓練場中央欺負部下的美少女喊道。

「駁回。等一下人補委要開會，智骨代替我去，你給我繼續待著。」

黑穹一邊揍飛士兵，一邊頭也不回地喊道。

智骨與金風同時露出彷彿腹部被痛揍一拳的表情。

智骨離開了超獸軍團營區，獨自前往司令部。

冬天的腳步才離開沒多久，初春的風仍然帶有些許寒意，由於天氣的冷熱對不死生物而言沒有差別，因此智骨只穿了一件單薄的軍服。

一路上看到的建築物外觀大部分都是人界風格，它們是正義之怒要塞仍在人界軍掌控下建造的東西，因此是根據泛人類體型所設計，完全不符合魔界軍的需求。在魔界軍打下正義之怒要塞後，原本是打算直接拆除的，但是因爲某位魔界軍高層的建議，這些建築物被保存了下來。

「日後戰爭一旦擴大，像這樣奪下人界據點的情況會越來越多。要是將它們全部毀掉，重新蓋成適合我們駐紮的建築物的話，是一件耗時耗力又耗錢的工作。不如保留這些建築物，然後讓我魔族同胞縮小體型，這樣不就省事多了嗎？」

以上就是那位高層建議的內容，魔王陛下採納了這個建言。至於魔界軍省下的那一大筆工程費，則化爲附加了縮小術的魔法道具的採購費用，流入那位提出建議的魔界軍高層口袋裡。

這位斂財手段巧妙無比的魔界軍高層，正是魔道軍團的軍團長——黑暗主教桑迪。

一想起那位被公認爲臉黑心黑手也黑的三黑長官，智骨便感到頭痛。他現在正要前往的人補委會議，同樣也是桑迪的傑作。

人補委的全名是「人類補完委員會」，雖然有著一個在很多方面都會讓人想吐槽的名字，但它所肩負的使命卻十分重大。

「對於人類的文化進行全方位的研究與考察，爲日後征服與統治人界的工作累積資料。」——以上，是人補委在籌備計畫書「成立目的」那一欄所填寫的理由。

……沒錯，所謂的人類補完委員會，正是爲了執行人類補完計畫而成立的特殊部門。人補委的成員也不是什麼小角色，主席是要塞司令官雷歐，其下委員則是由四大軍團長擔任，陣容豪華至極。

眾所皆知，軍團長們位高權重，事務繁忙，沒空出席會議也是難免的事，每當這種時候，就會派出副官代替他們開會。

抵達司令部後，按照記憶走到了會議室。門口掛著一個牌子，上面寫著「人類補完委員會臨時本部」。門口沒有守衛，智骨沒有通報就直接推門進入，看見裡面已經坐了兩個人。

其中一人是有著嚴重黑眼圈的年輕女性，另外一人是灰髮灰眼的中年男子。

「午安。」

智骨向兩人打招呼，兩人也點頭回應。

「你看起來氣色不錯，巴倫。」

「……雖然這麼形容不死生物有點奇怪，不過我最近的狀況確實不錯。」

坐下後，智骨對中年男子說道。對方則是一邊坦然承認，一邊用雙手按住脖子，然後做出了令人驚異的舉動——他把整顆頭顱拿了下來！

「你看，頭髮變多，而且也有光澤了。」

「哦哦，眞的耶！」

看著被無頭身體所捧著的首級，智骨由衷地發出讚歎。

中年男子名爲巴倫，不死軍團長夏蘭朵的副官，種族是無頭騎士，所以可以輕鬆做出身首分離這樣的驚悚動作。至於爲什麼明明是不死生物卻還會長頭髮這點，全都要歸功於人化首飾。

人化首飾的變化形態會根據使用者的精神狀態進行調整，因此就算是不會成長的不死生物，人化後的外貌也會因爲心情狀態而出現變化。

「眞好……我也想要……」

一旁的憔悴女性一邊露出羨慕的眼神，一邊用幽魂般的聲音說道。智骨同情地看著對方。

「妳的黑眼圈好像變得更深了，愛麗莎。」

「啊啊……因爲某個垃圾上司最近一直失蹤，工作量又增加了。呵呵呵。」

名爲愛麗莎的女子發出了神經質的笑聲。

愛麗莎是魔道軍團長桑迪的副官，種族是魅魔。

一般提到魅魔，腦中最先浮現的通常是「光鮮亮麗」、「性感美豔」、「魅力超群」等字眼，然而眼前的愛麗莎卻截然相反。乾枯的棕色長髮隨意地綁成一束，軍服彷彿很久沒洗過似地滿是縐褶，神色憔悴，肩膀下垂，從外表上完全感受不到絲毫女性魅力，推翻了世人對魅魔的印象。

事實上，愛麗莎原本也是一位非常符合魅魔之名的魅魔，只是自從她當上桑迪的副官後，每天都被工作追著跑，以致於沒有時間化妝打扮，久而久之就變成現在這樣子了。

擔任黑穹的副官容易意外身亡，擔任桑迪的副官則是有過勞死的風險，究竟哪一個比較慘呢？智骨心想。

「我從以前就想問了，爲什麼妳不向桑迪大人進言，勸他多申請一個副官？」

面對智骨的詢問，愛麗莎臉上的神經質笑容變得更深了。

「我早就試過了。你知道他是怎麼回答的嗎？呵呵……『用一份工資就能夠解決的事情，沒必要花到兩份工資』……呵呵，呵呵呵呵。」

愛麗莎發出鬼氣逼人的笑聲，智骨與巴倫不禁陷入沉默。該說不愧是黑心長官的楷模嗎？如此毫無人性——因爲他們是魔族，所以或許該說是魔性——的答案，的確非常有桑迪的風格。

巴倫猶豫了一會兒，然後說道：

「唔、如果妳稍微偷懶一點，讓工作進度延後的話，說不定……」

「喂喂，別亂出主意。那可是桑迪大人啊。」

智骨連忙阻止巴倫。要是眞這麼做了，誰也無法保證那個無良上司會做出什麼事。桑迪可以將麻煩事都推到愛麗莎頭上，但愛麗莎卻沒辦法這麼做，這就是階級社會的悲哀。副官這個職位是沒有直屬部下的，而且接觸的事務大多涉及機密，不能隨便把工作交給別人幫忙。

「也對。抱歉吶，提了一個爛點子。請千萬不要那麼做，做了也別說是我的主意。」

巴倫迅速道歉，緊接著立刻發表撇清責任的言論。只能說不愧是資深魔族，非常懂得自保之道。

就在這時，會議室大門被推開，一名綠髮綠眼的青年走進會議室。綠髮青年容貌俊秀，髮長及肩，舉手投足之間散發出一股靜謐的感覺。他的名字是沙奈爾，要塞司令官雷歐的副官。只是不知爲何，他的左手提著一隻布娃娃。

「看來大家都到齊了。」

沙奈爾環顧室內一圈，然後點了點頭。

原本應該到場的司令官與軍團長們通通不在，全是副官代爲出席。這樣的情況並不稀奇，自從人界軍暫停反攻正義之怒要塞後，魔界軍高層就非常乾脆地化身爲薪水小偷，上班時間拚命偷懶。

智骨一開始還爲此現象感到擔憂，直到巴倫跟他說：「他們只是回復原狀而已」之後，他才知道魔界軍高層平時就是這副模樣。

唯一沒讓副官出席會議的只有狂偶軍團，但……

「請通知無心大人，我們要開會了。」

沙奈爾一邊說道，一邊將手中的布偶交給巴倫。巴倫接過布娃娃之後，便把它放在一旁的空椅子上，接著用力搥了它一拳，過了不久，布娃娃的眼睛開始發光。

「人補委例行會議，應到五員，實到五員。我在此宣布，會議開始！」

沙奈爾拉高聲音說道。

……是的，那名布偶就是代表狂偶軍團的出席者。

狂偶軍團長無心擁有名為「精神連結」的特殊能力，不僅能夠操縱各式各樣的無機物，還能透過無機物收集外界情報，因此每次開會都是讓布娃娃代替他出席。至於無心的本體究竟是在開會還是在偷懶，這點無人知曉。

「各位，人類補完計畫推動得很順利。」

宣布會議開始後，沙奈爾便用溫和的語氣說道。因為本體是植物型魔族，所以講話的方式很溫柔。

「目前要塞士兵已經有九成左右變化為人形，對人類的行為模式與文化進行研究。只要持續下去，我們就能累積大量資料，更加了解人類的行動理論，為將來的征服工作建立深厚的基礎。但是——」

沙奈爾頓了一下，然後說道：

「——大家也知道我軍的處境，時間對我等來說乃是大敵。司令官希望我們加速推動計畫，拿出更多成果。大家有什麼好建議嗎？」

話一說完，所有人的目光全部聚集到智骨身上。

爲什麼要看我啦！智骨在心中大聲哀號。

人類補完計畫。

這個被正義之怒魔界駐軍高層所重視，甚至不惜全力推廣的計畫，其實是智骨提出來的，而且高層們不僅沒有隱瞞，反而大力宣揚此事，因此正義之怒要塞上至軍官下至士兵，每個魔族都知道智骨的大名，同時也進一步加深了大家對他的天才印象。

然而，人類補完計畫其實是一個由算計、巧合與誤會揉合而成的產物。

自從魔界軍奪下正義之怒要塞，並且擊退人界軍的反攻後，已經過了一年。

這一年裡，人界軍沒有任何動作，魔界軍也沒有踏出正義之怒要塞一步。在兩方都沒有大型軍事行動的情況下，時間來到了魔神曆7699年/神聖曆1999年。

雖然前線沒有變化，但魔界軍的大後方卻開始冒出不和諧的聲音。

為了防備人界軍的反攻，魔界軍在這一年裡不斷強化正義之怒要塞的防禦系統，為此耗費了大量的人力、金錢與資源。這樣的行動雖然合理，但任何事情都有所謂的極限，當申請書與請款單的數量達到某個程度後，有部分的魔界高層終於開始反彈了。

「在人界獲得據點是一件好事，但要是為了保住這個據點而拖垮魔界財政，那就沒有意義了！自從我軍佔領正義之怒要塞後，不僅沒有帶來一枚魔晶幣的收益，反而排擠了許多預算，再這樣下去是不行的！」

以蜘蛛大公為首，有一派高呼刪減正義之怒要塞的駐軍數量與預算。他們的訴求並非無理取鬧，魔界也有自己的問題要處理，不可能無限地將資源投入正義之怒要塞。如果前線正在激戰還好說，但現在雙方都在舔拭傷口，短期之內不會有戰事，因此沒必要一直保持如此高額的軍事費用。

「膚淺！難道你們不知道一旦征服人界，可以獲得多大的利益嗎？而且誰能保證人界軍不會突然反攻？萬一他們奪回要塞，一切又會回到原點，我們的付出就白費了！」

另一派則是堅決反對撤軍，他們的理由也很有說服力。姑且不論「征服人界」這個不知要花多久時間才能達成的遙遠目標，要是因為裁減軍備導致正義之怒要塞失守，魔界軍至今爲止投入的人力、物力將會失去意義。

無論主戰派或保守派都有大量支持者，目前雖然主戰派的意見佔了上風，但優勢並不明顯。主要原因在於，對峙狀態下的正義之怒要塞確實就像一個只會燒錢的爐子，如果前線無法拿出什麼成果，局面遲早有一天會倒向保守派吧。

可以想見的是，一旦保守派得勢，上面肯定會將半數以上——甚至可能更多——的魔界軍撤回來。那麼，屆時誰要留下？誰要回去？

雖然出生僅僅一年，但智骨已經懂得什麼叫人生規劃。相較於環境嚴酷的魔界，他更希望留在氣候溫和的人界，以免罹患骨頭痠痛這種對骷髏來說堪稱天敵的毛病。

可是跟智骨有著同樣想法的魔族太多了，缺乏人脈與資歷的智骨根本無法與其他魔族競爭。唯一的希望，就是拿出某些令上面關注的成績。但副官這種文職工作又要如何做出引人注目的成果呢？

苦思許久後，智骨決定另闢蹊徑，從研究人類開始做起。

他打算研究人類的文化與歷史，看看能否發現隱藏於其中的什麼，進而挖掘出人類制定戰略與戰術時的某些傾向。只要能找出一點東西，他就有機會進入留守人界的名單。

智骨將這個計畫稱爲人類補完計畫。這個計畫的出發點並非基於大義或野心，只不過是某個小小骷髏法師爲了實現自己的小小願望所做的小小嘗試。

某天，正當智骨在圖書館找資料的時候，碰巧遇到了魔道軍團長桑迪，閒聊之餘，他稍微提到了關於人類補完計畫的事。

「這是一個很有趣的點子。」

桑迪聽完之後，只說了這麼一句評論。

原本智骨以爲這只是對方隨口說說的場面話，沒想到幾天之後，桑迪竟然在軍團長例行會議上將這件事說了出來，並且提議將這個計畫推廣到整個正義之怒要塞。更意外的是，要塞司令官雷歐竟然同意了！

就這樣，人類補完委員會成立了，而身爲計畫提案者的智骨自然也就變成了有實無名的顧問，一旦遇到任何問題，大家往往會第一時間看向他——就像現在這樣。

「那、那個……在、在下乃駑鈍之輩，豈敢在諸位賢達面前放肆？請務必將此一榮耀交付他者，在下會仔細聆聽，認眞學習，努力跟上諸位的腳步。」

因爲緊張，智骨不自覺地用上了敬語口吻。

「太客氣了，智骨。你的才能，我們可是很相信的。」

「畢竟是千年難得一見的天才不死生物嘛。」

「就交給你啦。我是勞力派的，不適合動腦。」

智骨的謙遜沒有任何效果，其他副官熟練地將問題重新扔了回去。雙方不斷地禮讓，沒有人想率先發言。

這是因爲他們很清楚——無論提出了多麼荒謬的主意，都有可能會通過。

人類補完計畫是前所未有的點子，也是正義之怒要塞在無可奈何的情況下所做的賭博。正因爲前線目前什麼都做不了，所以司令官等人才會決定執行這個計畫，試著開闢新的道路。

高層的企圖顯而易見：如果計畫成功，一切自然好說。要是計畫失敗，就把過錯推到計畫提案者的身上。

沒人想成爲棄子，因此大家都極盡所能地謙虛，就算自貶也在所不惜。尊嚴這種東西雖然珍貴，但也要看是跟什麼相比，如果另一端放的是前途與性命，天平會傾向哪一邊自然不言可喻。

互相推諉的鬧劇上演了將近三十分鐘，大家不斷吹捧他人，貶低自己，爭取將第一個發言的權利讓給他人。最後是身爲會議主席的沙奈爾覺得再這樣下去不行，於是強制指定發言對象，結果這份殊榮最終還是落到了某個天才不死生物頭上。

智骨一臉絕望地站了起來，他環顧四周，對於同僚們那滿懷期待的眼神，心中毫無感動。

「對了，雷歐殿下希望這次能出現比過去更有建設性的提案，最好是一聽就會讓人覺得激動的那種。」

沙奈爾突然說道。智骨的表情變得更加絕望了。

竟然在這種時候追加條件？你爲什麼不乾脆直接叫我去死！而且聽了就覺得激動又是什麼啊？條件太空泛了吧！

無論智骨心中如何抱怨，表面上他還是不得不做出恭敬聆聽訓示的樣子。

「那麼……根據司令官的要求……嗯……在下原本已經想好了的提案，必須做出一些修正……也就是……那個……必須……嗯……」

智骨吞吞吐吐地開口，遲遲沒有說出具有實際意義的東西。顯然根本沒有想到什麼提案。然而同僚絲毫不以爲意，不僅沒有開口催促，反而一直用溫暖的眼神鼓勵他。

……**混帳，失敗了啊。這些傢伙已經看穿我的招數了嗎？**

智骨本來想模仿被老師叫到卻不知該如何回答問題的學生那樣，利用拖延戰術讓大家因爲不耐煩而放棄，沒想到眾人如此沉得住氣。就連負責主持會議的沙奈爾也都保持沉默，一副「在你不講話之前我絕不講話」的態度。

可惡……太小看他們了……

智骨暗暗嘆氣。他已經被徹底逼入絕境，毫無辦法可想。既然如此，就隨便說些什麼吧。

「那就……人類……接觸……直接、跟人類接觸……如何？」

就連身爲提案者的智骨都覺得這個點子不怎麼樣，然而這個爛點子卻收獲了非凡的迴響。

「好主意！太了不起了！」

「太棒了！真是個絕佳的點子！」

「我就知道你一定有辦法！不愧是天才不死生物，真是可靠！」

除了不會動也不會講話的布娃娃以外，其他魔族紛紛大聲稱讚智骨。接觸人類的理由？利益與風險？如何執行？這些問題完全沒有人提出來。至於理由也很簡單，要是因爲自己的提問導致智骨的提案被廢棄，那不就輪到自己提案了嗎？大家都是成熟的魔族，絕不會做這種不識相的事情。

就這樣，智骨的意見在無人反對的情況下迅速通過，並且在第一時間送到了司令官桌上，十分鐘後，這份文件被蓋上了「核可」的鮮紅大印。

💀💀💀

從正義之怒要塞往東北方前進約七十五萬步，可以看到一座佔地超過一千公頃、規模極其巨大的營地。

這是人界軍——正式名稱爲「人界聯合軍」——的駐軍所在。

營地外圍設有木柵欄，內側則是高度約有成年人高的石砌矮牆。在五天前，這座矮牆的高度僅到成年人膝蓋而已，考慮到這道牆是圍繞著整座營地所建，這樣的施工速度只能用不可思議來形容。

石牆後方是混雜了帳篷、木造與石造建築物的空間，比例大約是6：3：1。在這之中，有一棟石造建物特別顯眼，不僅是因爲它位於營地正中央，規模與高度也是所有建物之最。

這座建築是人界軍的指揮部，爲了抵禦敵軍，外形設計得有如城堡一般。立意雖好，但如果敵人眞的打到這裡，也代表人界軍離敗北不遠了。因此有士兵私下戲稱：「爲了讓斷後軍隊幫大人物爭取更多逃跑時間的產物。」

這一天，指揮部的第一會議室正在進行每五天一次的例行會議。第一會議室沒有窗戶，牆壁經魔法強化處理，並且布置了反偵測、反隱身、毒物探知等諸多珍貴的魔法道具。雖然位於前線，但會議室的裝潢不但不簡陋，反而還放了不少藝術品。

第一會議室最多可以容納三十人開會，但此時房裡的大長桌旁只有五個人，若再加上坐在角落的兩名記錄員，僅僅七人就霸佔了這個房間。然而沒有人會爲此非議，因爲此時在長桌會議上的五個人，乃是掌握了這支人界軍指揮權的最高決策層。

五人相貌各異，種族皆不相同。他們分別代表了人界勢力最大的五個國家。

人類之國，神聖黎明。

精靈之國，世界樹。

矮人之國，火圖。

獸人之國，卡蘇曼。

侏儒之國，巴爾哈洛巴列哈斯。

以上五個國家支配了人界的天空與大地，這五個種族雖然外貌差異頗大，但在基本體型特徵上倒是頗爲相似。正因這個世界的主導權被人形生物把持，所以人界才會被稱爲人界。

人界軍由五國聯合組建，由於沒有任何一國願意交出自家軍隊的指揮權，因此人界軍沒有最高指揮官，而是設立了軍事委員會，由五國派出代表共同進行決策。

阿提莫·梵·薩米卡隆坐在椅子上，努力忍住打哈欠的衝動。這是因爲會議主題一開始就一直圍繞著「要不要出兵攻打魔界軍」在打轉。

阿提莫是人類之國・神聖黎明的王室成員，他並不擅長帶兵打仗，這部分的事情交由能幹的部下負責即可，他最主要的工作，在於和其他國家代表進行交涉，確保這支聯合軍的指揮與運作不會對自家軍隊帶來損害。

「必須出兵！我們的使命就是把魔族趕回去，讓這個世界重獲和平，一直龜縮在營地裡像什麼樣？我軍已經整整兩個月沒有戰鬥了，再這樣下去，士兵的鬥志都要被消磨光了！」

高喊出兵論的是獸人之國・卡蘇曼的代表，豪閃・烈風。豪閃體型高壯，形貌如虎般的臉孔上有多道傷疤，渾身散發出濃烈的戰士氣息。他不僅擁有優秀的軍事才能，本身劍術更是高絕，是與阿提莫截然相反的類型。

「出兵個屁！現在最重要的工作是把要塞蓋好！好不容易才勉強達到目標進度，沒有多餘的人手讓你胡亂指揮！」

一個滿臉鬍鬚的矮壯男子拍桌反對。他是矮人之國・火圖的代表，名爲波魯多・火鎚，雖然身高只有豪閃的一半，但氣勢絲毫不比對方遜色。

「就算建造要塞，也要顧慮到士氣。你們把士兵都派去工地，連訓練都荒廢了，我軍實力已經出現明顯退化，要是魔界軍突然打過來怎麼辦？我們是軍人，不是工匠！不是每個人都跟你們矮人一樣喜歡挖洞蓋房子！」

「就是因爲這樣，才更要加快進度，早點把要塞蓋好！只要依靠城牆就能大幅減少傷亡，你連這種事都不懂嗎？」

「不懂的是你，白痴！雙方這麼久沒交鋒，魔界軍怎麼可能不起疑？要是他們發現我們的計畫，必定會發動大攻勢。到時城牆既沒蓋好，士兵的戰技也衰退了，犧牲只會更大！」

「那種事只要多派斥候就能解決。提高邊境線的封鎖層級，徹底死守，連一隻魔族都別放過來就好。沒必要主動挑釁，那只會帶來麻煩！」

豪閃與波魯多始終堅持各自的主張，誰也不肯讓步。

兩人爭執的原點，來自於人界軍目前正在進行的一項計畫，其名「復仇之劍」。

一年前，人界諸國在反攻正義之怒要塞失敗後，便開始思考另一個可能性——以要塞對抗要塞。

這個計畫的發想點，源自於「門」的位置與地形。

人界的「門」，座落於無盡山脈邊緣凹陷處，三面環山，只有一側可以通往外面。無盡山脈極其遼闊，每座山峰皆高聳入雲，地質異常堅硬，就連擅長建造地下國度的矮人也難以在此落足。正因如此，無盡山脈又有「黑暗領域」、「神明的玩笑」、「最後絕境」等別名，就算是魔界軍也無法穿越這道天險，向人界伸出侵略的魔爪。

如果攤開地圖，可以發現「門」就位於U字地形的最裡側，正義之怒要塞就在「門」的對面。如果在U字地形的開口位置建造一座與正義之怒相同，甚至是更高等級的要塞，就能重新建構防線了。

這座新要塞被取名爲復仇之劍，人界軍的首要任務，便是確保新要塞盡速建造完成，建設工作在兩個月前就開始了。

起初還算順利，但一個月後，軍事委員會開始出現意見上的分歧。

豪閃・烈風認爲不應該只顧著埋首建造要塞，也必須適度對敵軍施加壓力，以免對方起疑。而且要是太久沒打仗，軍隊的士氣、戰鬥力與警覺性都會下滑，一旦遇到意外就糟糕了。

波魯多・火鎚則認爲完成要塞才是第一優先事項，其他事以後再談。人界諸國只給了六個月的工程期限，一旦無法如期完成，他們這些軍事委員都會受到嚴懲。時間與人力都很有限，絕不能隨便揮霍。

阿提莫是站在波魯多這邊的。不只是因爲兩人私交甚篤，更因爲阿提莫認爲多一事不如少一事。既然目前沒有戰事，那保持這樣的情況不是很好嗎？豪閃的提案風險實在太大了。

至於另外兩名軍事委員，名字分別是克莉絲蒂·星葉與巴托·法洛哈提亞斯·加拉哈提·庫倫·沙爾曼斯辛那提亞，前者是精靈，後者是侏儒。克莉絲蒂支持豪閃，巴托保持中立。

二對二，一票棄權，這是最糟的情況。每次開會一談到是否該出兵，最後都會變成爭吵。

「沒種的懦夫！你的卵蛋就跟你的個子一樣小！」

「無腦蠢貓！滾回家去舔毛吧！」

爭吵內容一如往常地演變爲人身攻擊，豪閃與波魯多怒瞪彼此，捲起袖子準備開打，而其他人也一如往常地阻止了他們，會議不歡而散。

踏著優雅的步伐，克莉絲蒂・星葉回到了自己房間。

包括克莉絲蒂在內，五位軍事委員全都住在指揮部裡面。其中既有安全方面的考量，也有居住方面的適宜性。當然，基於個人隱私等理由，五人的房間相隔甚遠。

回到房間後，克莉絲蒂脫掉軍服，換上了精靈一族的服裝。如今並非休息時間，這種行爲其實是被禁止的，但身爲軍隊地位最高的五人之一，克莉絲蒂就算這麼做了也沒人會責備她。

事實上，另外四人也會做類似的事，制式軍服是爲了展現「人界諸國團結一心」的形式性產物，大家雖然會在公開場合穿上，但平時怎麼穿就是另一回事了。

精靈一族向來以美麗著稱，而克莉絲蒂的容貌即使在精靈之中也是名列前茅，脫下嚴肅的軍服後，那份美麗就像是打開了密封多年的佳釀瓶塞，令人光看便爲之心醉。

「姊姊，妳回來啦。」

房間的另一側傳來充滿活力的聲音。

一名長相酷似克莉絲蒂的美麗少女端著銀質托盤走了出來，托盤上放著剛泡好的紅茶與餅乾。

這名精靈少女名叫克拉蒂．星葉，是克莉絲蒂的妹妹。克莉絲蒂今年一百二十七歲，克拉蒂則剛滿九十歲，由於精靈的平均壽命超過五百歲，因此像這種兄弟姊妹年紀相差極大的例子並不少見。

「嗯，回來了。」

「看起來很累的樣子？」

「因爲那兩人又差點打起來了。」

「原來如此。」

雖然省略了主詞，但克拉蒂仍然聽懂了姊姊的意思。並非她足夠聰穎，而是因爲類似的事已經發生了好幾次。

「要我說，乾脆就讓他們好好打一次算了。他們就是知道你們會阻止，才會在那邊裝模作樣。要是哪天你們眞的不管，說不定他們反而會自己罷手呢。」

對於妹妹的建議，克莉絲蒂只能回以苦笑。

「沒這麼簡單。要是我們不阻止，反而會引發其他問題。」

「這就是所謂的政治嗎？大人的世界真是麻煩。」

克拉蒂一邊說著與自己的年齡毫不相符的話語，一邊將紅茶倒入杯子。

精靈的壽命很長，因此生活節奏相對悠閒。精靈的成年標準是一百歲，除了某些特例，否則在成年之前都只需要學習，國家會負擔絕大多數的教育費用。由這項政策，就可以看出精靈之國．世界樹的富足程度。

克拉蒂的年紀如果按人類的標準來換算，大約是十六、七歲左右。通常這個歲數的人類早就已經開始工作，並且體會到社會的險惡與複雜。正因如此，精靈在其他泛人形種族（特別是人類）的故事裡，都會被貼上「天真」、「純潔」等標籤。

「從根本上解決問題不就行了？既然姊姊贊成獸人的意見，那只要幫忙說服侏儒就好了吧，這樣一來就是三比二。」

「那就是巴沙的目的喲，妹妹。」

「巴沙」是「巴托．法洛哈提亞斯．加拉哈提．庫倫．沙爾曼斯辛那提亞」的簡稱。侏儒的名字大多很長，連他們自己都不一定能記住其他侏儒——其中甚至包括父母——的全名，因此習慣用第一個與最後一個名字的開頭當作暱稱。

巴沙那曖昧不明的態度是形成如今僵持局面的主因之一，明眼人都看得出來，那傢伙是在待價而沽，打算狠狠敲一大筆。豪閃與波魯多也知道這一點，所以壓根就沒想過把他拉入自己的陣營。

聽完克莉絲蒂的說明，克拉蒂忍不住皺起眉頭。

「……我們這樣，真的有辦法打敗魔界軍嗎？」

「集合人界所有力量，齊心擊退來自魔界的侵略者！」——這正是人界軍成立時所打出的口號。如今看來，力量是集合了沒錯，但一點也不齊心。

面對妹妹的質疑，克莉絲蒂先是啜飲一口紅茶，接著才淡然說道：

「可以的。四百年前就打敗過了。」

「那不算打敗，頂多只是平手吧？而且四百年前的人界軍，內部應該也不像我們這樣混亂吧？」

「克拉蒂，什麼才叫勝利，不是由妳一個人就能決定的。還有，智性生物的精神層面，絕不是區區四百年就可以得到昇華的。」

克拉蒂微微張嘴，一臉呆愣地看著克莉絲蒂。

「怎麼了，克拉蒂？」

「……姊姊，妳講的話好深奧啊。」

「……因爲以前我也有同樣的疑問，而長老就是這樣回答我的。」

「什麼啊，原來是這樣啊。我以爲姊姊已經拋下我，自己一個人走到奇怪的地方了，還好、還好。」

「說什麼傻話。妳以爲妳來這裡是幹嘛的？」

「參戰。」

「是學習！妳也快成年了，必須開始累積這方面的知識。妳以爲家裡爲什麼答應讓妳來前線？」

「哎，反正還有十年嘛。」

「是只剩十年！」

「是是是，我知道了。不過……既然來都來了，我可以順便體驗一下戰場的氣氛嗎？」

「當然不行。」

「欸～～怎麼這樣～～！」

克莉絲蒂沒有理會可愛妹妹發出的悲鳴，逕自起身換上軍服，然後前往自己的辦公室。因爲過程中完全沒有回頭，所以她並不知道克拉蒂正對著自己吐舌頭、扮鬼臉。

人界軍與魔界軍之間，存在著一條看不見的邊境線。

這條邊境線並未經過正式商討，而是基於雙方默契所出現的產物。這條邊境線附近沒有顯眼地標，寬度近三公里，爲了便於觀測，平地稍微高大些的植被已被砍伐殆盡。

值得一提的是，魔界軍邊境線後方是空曠遼闊的平原，無論進攻或撤退都很方便，人界軍則是保留了大片森林，目的在於遲滯魔界軍的行動，由此便可看出兩邊在戰略方針上的差異。

兩軍都在邊境線設下大量哨點、自動監視設備與自動攻擊型武器，並不定時派人巡邏。然而再堅固的牆壁也有縫隙，即使已布下如此嚴密的警戒網，還是無法保證沒有疏漏之處。以魔界軍爲例，他們就掌握了至少三處人界軍封鎖線漏洞。

某天，在天色尚未明亮的清晨時分，數道人影從上述的漏洞潛入了人界軍的地盤。

「潛入成功，第一階段完成。」

其中一道人影低聲呢喃。此時曙光恰巧出現，照亮了人影的臉。

此人正是智骨。他穿著一襲看起來很有魔法師感覺的長袍，揹著碩大背包，手裡拿著一根鑲有藍水晶的木杖，看起來就像旅行中的人類魔法師。

跟在智骨後方的人影聞言全都鬆了一口氣，接著紛紛開口。

「挺順利的嘛，人界軍的防備似乎沒有想像中嚴密。」

「那是因爲我們是從漏洞溜進來的，當然順利。漏洞是什麼意思你知道嗎啡？」

「好睏……起得太早了……難得夢到跟莎拉約會的說……」

曙光照亮了後方的人影，他們正是智骨的同僚，與智骨一起被士兵們私下戲稱爲「副官戰隊」的克勞德、菲利與金風。此時他們同樣脫下了軍服，一副旅行者的裝扮。

爲何身爲超獸軍團長副官的他們會出現在這裡？裡中其實隱藏著比海還深的理由。

在智骨所構思的作戰方案中，執行任務的部隊應該要從另外三個軍團裡選拔才對。

這既是爲了出一口人補委會議時被算計的惡氣，也是爲了任務成功率著想。

超獸軍團是出了名的粗線條，假扮人類這種精細工作實在太過爲難他們了。相較之下，魔道軍團一向以智力自豪，不死軍團以無懼任何意外而著名，狂偶軍團更是擁有堪稱完美的執行能力。無論怎麼想，執行部隊都應該從他們之中選拔才對。

然而其他三位軍團長卻提出了異議，他們認爲這個任務需要的不是演技，而是一位智勇兼備、心思細膩、反應敏捷的現場指揮官，其他成員只要乖乖聽從命令即可。

「身體與手腳就算再強壯，如果沒有聰穎的頭腦，也只是一團會走路的肉塊而已。難道你們覺得肉塊能夠完成任務嗎？」

魔道軍團長桑迪如是說。這番諷刺雖然尖銳，卻不無道理，另外兩名軍團長大表贊同。

於是，他們聯名推薦了一位魔族。這位魔族不僅智勇兼備、心思細膩、反應敏捷，還是正義之怒要塞知名的天才不死生物，雖然誕生僅僅一年，卻已立下諸多功績，堪稱魔族的明日之星！有這位魔族帶隊，絕對可以圓滿完成任務！

至於其他隊員，考量到默契方面的問題，自然也該從這位天才不死生物所屬部隊中遴選才對。

雖然那位天才不死生物所屬部隊的軍團長極力抗議，但由於三名軍團長聯手施壓，加上司令官那「反正只要有人去就好」的態度，最後的結果自不待言。

當智骨說出他將短期出差的事情時，克勞德等人當場露出驚恐表情。少了一個人幫忙挨揍，另外三人承受苦痛的次數自然就會增加。

魔界醫療水準很高，只要不是當場死亡，再嚴重的傷勢也有治癒的可能，況且還有治療藥水這種魔法產物。然而治療藥水非常昂貴，就算是公傷也很難申請，住院治療則需要時間，在少了一人的情況下，根本無法獲得充分休養。可以想像的是，一旦智骨離開，克勞德等人將在醫院與軍營間頻繁奔走，最壞的結果則是直接陣亡。

一想到這裡，克勞德等人立刻表示自願加入特殊工作小隊，就算可能因任務失敗而受罰，也總比被上司誤殺來得好。他們費盡心思，好不容易才說服黑穹同意他們參與此次作戰，至於在他們離開之後，將由哪個倒楣魔族暫時頂替軍團長副官的職務，那就不是他們所關心的了。

就這樣，爲了人類補完計畫而建立、代號「開拓」的特殊工作小隊成立了。無論是成立理由、任務目標或隊員選拔，全都只能用亂七八糟來形容。這樣的隊伍眞的能夠完成任務嗎？身爲任務策劃者兼執行者的智骨對此深感懷疑。

「我覺得，這應該就是所謂的職場霸凌吧？」

或許是想到了他們這支小隊成立的過程，克勞德突然有感而發。

「戰鬥是強者的宿命，被打壓是有才能的證明。我們之所以會被針對，就是因爲太過優秀了。」

金風仰頭感慨，一臉無奈的表情。

「沒錯，那些傢伙就是因爲擔心超獸軍團的功績會超越他們，才會老扔一些麻煩的任務過來啡。」

菲利用力點頭表示贊同。

智骨沒有附和他們，只是低頭看著地圖——他擔心自己一旦開口，會忍不住吐槽。

由於成功潛入的關係，眾人心態也變得輕鬆起來，開始閒聊。

「話說回來，任務期限只有五天會不會太短了？既然是麻煩的任務，時間應該更寬鬆一點才對。」克勞德說道。

「開玩笑，我還覺得太長了！回去之後，工作肯定堆得跟山一樣高！」金風說道。

「不，工作方面就算了，我覺得麻煩的是黑穹大人那邊啡。希望別發生命案，後續處理工作可是很麻煩的啡。」菲利說道。

「……既然這麼擔心，不參加不就好了嗎？」智骨說道。

此話一出，克勞德等人竟然訝異地看著智骨。

「你在說什麼啊？我們不是同伴嗎？」

「朋友有難，出手相助是理所當然的事。我們的交情可是用血淚與汗水打造的啡！」

「就算跟全世界為敵，我也會站在你這邊！哎呀……這句話真不錯，下次拿來對瑪麗用看看。」

智骨冷眼看著一副熱血模樣的克勞德等人，對於他們的說詞連一個字也不信。他早就看穿了，這些傢伙只是擔心被黑穹打廢，才會自願加入這支小隊。

「不過回去之後，工作一定會累積很多，搞不好要加班好幾天呢。」

「唉唉，『從不加班』一直是我的座右銘，看來這次不得不打破了。」

「不過我們不會怪罪別人，畢竟這是我們自己選擇的路。」

三人你一言我一語地說道，滿滿暗示意味，智骨則是裝作沒聽到。要是在這裡說出「累積下來的工作交給我吧！」這種話，等待著自己的將會是無止盡的文件地獄。

就在這時，菲利突然舉起了手。眾人立刻停止動作，背靠彼此，組成了一個圓陣。

「有東西靠近。四足生物，一、二……不，三個。從那邊過來了啡。」

菲利側耳傾聽，透過腳步聲判斷對方的數量。智骨什麼也聽不到，但他相信菲利的確捕捉到了什麼，這名白髮青年的眼睛與耳朵異常敏銳，這既是先天的才能，也是後天鍛鍊的成果。

金風往菲利所指方向用力嗅了幾下，他能夠聞到並分辨出五十公里之外的各種氣味，但此時的他卻微微搖頭，低聲說道：

「風向不對。」

對方是從下風處接近的，氣味吹不過來，就算金風的嗅覺再靈敏，也無法違逆自然法則。

四人嚴陣以待，大約半分鐘後，樹叢出現輕微的搖晃。三頭怪異凶猛的動物從樹叢裡面冒了出來。

「是災獸。」

見到怪異生物的模樣後，克勞德用力嘖了一聲。

所謂的災獸，指的是因體內元素失衡而突變的生物。前身原本是普通動物的牠們，在突變後會變得非常有攻擊性，身體能力也會大幅上升，有些災獸甚至能夠使役元素，做出有如魔法般——例如噴出灼熱火焰或寒冷吐息——的事情。

物質是由基本粒子所構成，而能量則來自元素的集合。元素充斥於森羅萬象之中，世人口中的魔法，事實上就是使役元素的技術。

無論魔界或人界都有災獸的存在，魔界軍的職責之一就是定期消滅魔界災獸，以免牠們繁衍過剩。不管是什麼樣的災獸，一旦形成大規模族群，都會引來可怕的災禍。

智骨四人雖然與人界軍交過手，但還沒見過人界災獸，因此立刻慎重以對。

「好像不強耶？」金風說道。

對方雖然具備災獸特有的氣息，但並不強烈。

分辨災獸的方式非常簡單，由於體內元素失衡，絕大部分災獸都會散發出某種不協調感，彷彿被自然環境排斥一樣。越是強大的災獸，這種不協調感也越強。

「別大意。有些災獸懂得隱藏氣息。」智骨說道。

有一部分掌握了元素使役技術——俗稱魔法能力——的災獸，可以暫時壓制體內元素失衡所散發的不祥之氣，藉此欺騙並戰勝對手。簡單地說，就是示敵以弱。懂得這招的災獸通常具備高度智慧，當然也更加難纏。

「可是這些傢伙看起來不怎麼聰明的樣子。」菲利說道。

眼前的災獸擁有一對外突的尖銳獠牙與看起來非常堅硬的鬃毛，眼睛深處閃爍著凶暴的光芒，雖然長相猙獰，但從牠們的行動中感覺不出智慧。如果眞的聰明，就會採取偷襲或包圍之類的戰術，而不是幹出這種直接跑到對手面前的魯莽舉動。

「來了！」克勞德說道。

彷彿事先約好似地，三頭災獸同時朝他們衝了過來。

災獸的突擊極具氣勢，牠們的戰鬥方式顯然就是發起衝鋒，用獠牙貫穿或是用身體撞飛敵人，雖然簡單直接，但威力十足。一頭災獸的衝鋒或許容易閃避，但三頭災獸組成的橫陣衝鋒，應對起來可就非常棘手了。

然而克勞德毫無懼色地往前踏了一步，同時手中長柄戰斧大力橫掃。伴隨著沉悶的撞擊聲，一頭災獸竟直接被劈飛！

下一秒，站在克勞德後方左右兩側的金風與菲利也跟著出手。

金風的武器是長劍，他在災獸即將撞上自己的那一剎那迅速轉身閃躲，同時揮劍斬傷對方的雙腿。失去平衡的災獸立刻摔倒，同時由於衝刺的慣性作用，在地上翻滾了好幾公尺才停下來。

菲利的武器是金屬拳套，從那纖細瘦弱的外表，很難看出他擅長的戰鬥方式其實是近身格鬥。面對體重是自己數倍、而且正值衝鋒狀態的災獸，菲利不但沒有閃避，反而像克勞德一樣選擇正面迎擊。只見他精準地抓住災獸的獠牙，下一瞬間，災獸就被他摔了出去。

災獸的突擊就這樣被擊潰了，當牠們好不容易站起來時，站在克勞德三人後方的智骨已經唱完咒文。

「去吧。」

智骨將法杖尖端朝著災獸們一指，數根骨槍在半空中迅速成形，然後朝著牠們激射而去。骨槍輕易貫穿災獸們的堅硬鬃毛，深深刺入身體，災獸們發出痛苦的嚎叫，在地上激烈翻滾。

克勞德等人趁機衝上前去，將災獸一隻隻解決掉。過沒多久，災獸便全部死光。

「的確不強，看來是變異不久的災獸。」

克勞德將戰斧扛在肩上，語氣輕鬆地說道。雖然才剛經過一番激戰，但他的呼吸絲毫不亂，汗也沒流一滴。

「不過有三隻耶？這不是已經形成族群了嗎？變異時間應該不會太短吧？」

金風邊說邊擦拭長劍，然後微微皺眉。這是因為劍刃出現了些許缺口，這些災獸的鬃毛比想像的還要堅硬。

「或許人界災獸跟我們那邊的情況不一樣啡。啊，我的也裂了！」

菲利同樣皺眉看著自己的雙手，因剛才接住災獸衝撞的關係，金屬拳套冒出裂痕。

「回去報告的話，應該可以作為加分的材料。」

智骨在地圖上做了記號。要是真的有災獸在邊境線附近形成族群，對魔界軍絕對不是一件好事。這個發現對智骨等人來說算是意外之喜，只要向上呈報，司令部就會派遣部隊前來掃蕩，並且給予嘉勉吧。

「屍體須要處理嗎？埋了？」

「不用吧，如果人界災獸跟我們那邊一樣，明天就會風化了。」

災獸死亡後，體內元素會被外界元素吸引，產生一種名爲歸流反應的特殊變化。歸流反應會抽走血肉的殘餘能量，屍體會迅速乾枯萎縮，連腐敗的機會都沒有。越是強大的災獸，死亡時的歸流反應越激烈，風化時間也越短，就算是剛異變的災獸，也只要一天就會風化。

「就這樣看牠們風化有點可惜啊……對了，你不是不死生物嗎？有沒有想要的材料？」

菲利轉頭詢問智骨。

不死軍團擁有獨特的改造技術，可以爲不死生物任意增減「零件」。將災獸屍體的某一部分移植到自己身上，在不死軍團是很常見的事。

面對菲利的詢問，智骨搖了搖頭。

「沒有。就算有，我也不會處理災獸屍體。」

「咦？你不會嗎？我以爲每個不死生物都懂這個。」

「怎麼可能，那可是非常專業的技術，需要執照的。以後有機會的話，我會去考考看。」

災獸遺骸可以作爲魔法道具的素材，但其辨識與處理是一門相當高深的學問，屬於魔法學的分支之一。

「啊咧？」

這時金風突然發出驚訝的叫聲，眾人轉頭一看，很快就發現令他驚叫的原因——災獸屍體正開始乾枯。

「風化了？好快！」

「這代表牠們很強？不可能吧？」

「等一下，說不定人界災獸原本就風化得這麼快。」

「世界的差異嗎……？有可能哦。」

就在眾人驚異的討論聲中，災獸屍體迅速地化爲灰白色，最後崩潰分解，這段過程前後只花了十分鐘。

眾人感嘆了好一會，然後繼續前進。這只是任務途中的小小插曲，無須太過在意。

💀💀💀

一群人行走於森林之中。

他們總共有六個人，男女比例均等，雖然全副武裝，但裝備皆不相同，這是相當顯著的傭兵特徵。

他們採取了一前四中一後的隊型，前衛負責探路，後衛負責確保退路，因此必須讓觀察力敏銳的人來擔任。中間的隊員只須負責保護行李，由於工作相對輕鬆，所以有談話的餘裕，不過身處於陌生且危機四伏的環境時，很少人有心情閒聊，況且也會干擾到前衛的探路，因此通常中衛保持沉默的時間居多。

然而這支隊伍的情況稍有不同。

或許是因爲三名女性全都在中衛，她們一直愉快地交談著。

「原來妳還有一個歲數相差很大的姊姊啊？」

「是啊。不但喜歡擺架子，還老愛教訓我。總是說我哪裡做錯了，哪裡又做得不好。比老媽還煩人。」

「這就是所謂的長姊如母？」

「我記得那句話通常都用在失去母親的情況下吧？克拉蒂的母親還健在……呃，應該還在吧？」

「還在喲。每天都很有精神，看樣子再活個幾百年也不是問題。」

「啊哈哈哈哈，眞令人羨慕。眞好啊，精靈的長壽。不像我們人類，頂多只能存活百年。」

「別不知足了，溫妮，我們獸人的壽命更短呢。」

「是嗎？我倒覺得壽命什麼的不是重點。如果過得不快樂，長壽反而是種折磨。」

「囉，好厲害！眞不愧是精靈，隨便就能說出聽起來很深奧的話！」

「所以說，及時行樂最重要？很好，這次工作結束後，大家一起喝個痛快吧！」

「贊成！」

「不，現在就在想慶功宴的事還太早了吧，貝拉。」

話題不斷地跳躍，而且仍然沒有停止的跡象。

從談話內容來看，三名女性的名字分別是精靈克拉蒂、獸人貝拉與人類溫妮。雖然她們刻意壓低聲音，但在這座靜謐的森林裡還是很明顯。

「……我說啊，妳們可以休息一下了吧？妳們這樣會給丹的工作帶來不必要的負擔，沒看到他很困擾嗎？」

中衛的唯一一名男性苦笑說道。他名叫沙克，人類，同時也是這支隊伍的隊長。

「不，其實還好。因爲一直沒事做，所以有點想睡，來些聲音反而可以提振精神。」

走在最前面，名爲丹的獸人男性回答了。沙克還是第一次聽到這種說法，他擔任斥候時，最討厭的就是在後面吵個不停的同伴，不過或許獸人的情況不同吧，畢竟這是他第一次與獸人組隊。

「太可靠了，親愛的。加油哦！」

「啊啊，沒問題。」

丹與貝拉其實是夫妻，旅途中偶爾會像這樣互相打情罵俏。沙克彷彿有點受不了地撇開頭，這時視線恰好跟溫妮交會，然後兩人露出只有情侶之間才能領會的微笑。

這支小隊是在傭兵召募所臨時集結的隊伍，任務是邊境巡邏。這是由軍方頒布的任務，由於報酬高，加上目前沒有戰事，工作危險性較低，因此很受傭兵的歡迎。

但軍方要求至少得有五名成員才能接下這個任務，所以很多傭兵會與他人臨時組成隊伍。正因如此，身爲人類的沙克與溫妮，身爲獸人的丹與貝拉，身爲矮人的坦布，以及身爲精靈的克拉蒂，這六個原本互不相識的人才有機會湊在一起。

與陌生人組隊必須承擔一定的風險，如果是跟其他種族組隊，風險就更大了，但要是無法習慣這種事，那就沒資格當傭兵。

克拉蒂心情很好地看著這群臨時同伴，第一次當傭兵就能加入這種氣氛不錯的隊伍，實在是太幸運了。

嗯，瞞著姊姊偷跑出來果然是值得的，這是很好的經驗。

克拉蒂覺得自己的決定非常明智。要是像克莉絲蒂說的那樣留在指揮部，只會學到一些無聊的東西。她想體驗的是宛如冒險故事的經歷，而不是坐在桌子前面思索如何算計別人。

就在克拉蒂暗暗高興時，風中傳來的聲音令她雀躍的情緒迅速收斂下來。在此同時，走在最前面的丹也抬起了手，然後無言地指著某個方向。

大家迅速舉起武器，朝著丹所指示的方向擺好架式。十幾秒後，兩頭碩大的獸影出現在眾人的視野之中。

對方具備外突的尖銳獠牙與堅硬的鬃毛，外形像是野豬與老虎的混合體。

「……有誰見過這種災獸嗎？」

溫妮低聲問道，沒人回答她。

在前來這裡的路上，他們也遇過兩次災獸，但體型都比眼前的異獸要小，而且是較為常見的種類。

未知的對手往往最為危險，但他們這邊有六個人，而且個個身手不凡，沒有落敗的理由。

「囉，看起來很多肉的樣子，不知道味道怎麼樣。」

丹一邊舔了舔嘴唇，一邊晃動手中的大刀刀刃。

「我跟坦布負責右邊那頭。」

沙克沉聲說道，他的武器是長槍。

手持斧頭的矮人坦布緩緩移動到沙克旁邊，貝拉則靠近自己的丈夫。溫妮的弓箭與克拉蒂的魔法也已做好支援的準備。

戰鬥，一觸即發。

02 當笨蛋遇到笨蛋

冰冷的夜風穿梭於林木之間，除了帶來強烈的寒意，其中還夾雜著間歇的蟲鳴與鳥啼聲。皎潔的月光從樹梢灑落，為森林罩上一層朦朧銀紗。

智骨一行人從黃昏時分就開始準備紮營，因為大家都是第一次使用人類的帳篷，因此手忙腳亂了好一陣子，不過總算趕在太陽下山前搭好。另外，這些帳篷是魔界軍奪下正義之怒要塞後，在倉庫裡找到的。

不只帳篷，眾人所使用的武器、衣物、裝備與道具，全都是人界軍留下的東西。或許是撤退得太過匆忙，再加上認為魔族不會使用這些物品，當初人界軍撤離正義之怒要塞時並沒有燒燬倉庫，留下了大量物資。

事實上，人界軍的判斷並不算錯。奪下要塞後，原本魔界軍考慮著要不要銷毀這些遺留物資，好釋放有限的儲存空間，沒想到某位天才不死生物提出了人類補完計畫，完美地將垃圾化為資源。

搭建帳篷時，智骨提議由他負責煮晚餐，眾人沒有多想就答應了。等野營工作全部處理完畢，眾人正準備享用勞動過後的美味餐點，出現在他們面前的東西卻令人無言。

「……這是什麼？」

金風看著鍋子裡的水，一臉疑惑地問道。

「湯。」

智骨一邊用木勺攪拌鍋子一邊回答。

「……智骨，那個，或許因爲你不用吃東西，所以才會有所誤解。所謂的湯，應該是有放佐料的東西。」

「佐料在這裡。」

「不不不，佐料應該要放進鍋子裡面，而不是放在袋子裡——喂！袋子裡面爲什麼只有鹽啊！這樣就算煮了也只是鹹開水而已吧！」

「喂，智骨，這個黑黑硬硬長長的又是什麼東西？」

「硬麵包。據說是人界長途旅行的必備食品，跟肉乾並列野炊雙柱。」

「等等，你說這塊紅灰色的玩意兒是肉乾？肉乾才不是長這樣子的吧！」

「這是依照人界作法做出來的肉乾，外表當然會跟魔界的肉乾不一樣。」

接著智骨開始示範如何食用這些東西。首先每人發一個倒有開水的木碗，接著把鹽加入開水，依照個人喜好調整鹹度，然後用小刀將硬麵包切片，沾鹽水使其軟化。至於肉乾，直接吃或放入碗裡的開水都可以。

看完智骨的示範後，克勞德三人不禁目瞪口呆。實際試過一遍後，其中滋味更讓他們臉孔扭曲。

一言以蔽之，就是難吃。

「人界……露宿野外時眞的都是吃這些嗎？」

「我查了很久的書才找到相關資料。」

面對金風的疑問，智骨理直氣壯地答道。

人界軍在正義之怒要塞蓋有一座圖書館，撤退時同樣沒有將其摧毀。這座圖書館正是智骨當初設計人類補完計畫的靈感來源。附帶一提，智骨口中關於人界野炊的資料，來自圖書館裡一本名爲《莫西里斯冒險譚》的書，那是四百四十年前出版的幻想冒險小說，裡面的內容就算考據得再怎麼嚴謹，也已經是四個世紀前的情況了。

「我說智骨，反正現在又沒有其他人在，吃點魔界的東西不行嗎？我記得行李裡面有營養棒。」

「我有帶酒釀紅蘿蔔啡。」

「其實我也帶了——」

「不行！如果現在不快點習慣，到時遇見人類，吃飯時就會露出破綻。細節決定成敗！你們也不想因為這點小事，導致任務失敗吧？」

智骨否決了眾人的提議，因爲理由非常正當，所以克勞德等人也就沒有繼續抗議。吃完簡陋的晚餐，眾人開始保養裝備。他們的武器與防具都是上面調撥的，任務結束後就要歸還，要是損毀的話還得寫報告書，因爲是很麻煩的差事，所以大家保養得很認真。

「智骨，那是什麼？看起來好噁心。」

金風看見智骨正在擦拭一顆黑色的小珠子，於是好奇地問道。黑色圓珠呈半透明，內側有一個紅色圓核，無數的紫色絲線以紅色圓核爲中心向四周放射，乍看之下彷彿一顆眼珠。

「百魔之眼。」

智骨頭也不抬地回答。

「百魔之眼？」

「攝影用的魔法道具，用來記錄我們這次的任務。上面要求的。」

百魔之眼只要注入魔力，就可以自動錄下以持有者爲中心，半徑二十公尺左右的影像。它的攝影是三百六十度全方位的，不須持有者費心尋找拍攝角度，十分方便，隱匿性也很高，唯一的缺點是沒辦法記錄聲音。

「啊咧？不是只要寫報告就夠了？」

「總不能我們寫什麼上面就信什麼吧。」

一般的任務都是在事後呈交書面報告就好，但這次的任務非比尋常，而且沒有高級軍官帶隊，因此對報告內容的要求自然更加嚴謹。

「喂，智骨……」

「放心，不該拍的我不會拍。而且這玩意兒也很耗魔力，我沒辦法一直啓動。」

彷彿看穿了金風心中所想，智骨搶先說道，讓眾人鬆了一口氣。

保養完裝備，因爲沒事可做，眾人開始玩起紙牌打發時間。當然，此時的百魔之眼是關閉狀態。

「說起來，我們的身分是什麼？傭兵？旅人？」克勞德問道。

「這裡可是戰場，誰會來這裡旅行啊啡。」菲利說道。

「那就是傭兵囉？那我們的任務又是什麼？」金風問道。

「都不對，是修行者。」智骨說道。

此話一出，克勞德等人立刻露出疑惑的眼神，他們從沒聽過修行者這種東西。

「修行者是一種爲了精進自我而四處流浪的人，他們會將旅行時所遇到的各種苦難化爲提升實力的燃料，是人界特有的職業。」

旅人不會在戰場附近徘徊，傭兵需要有明確的任務與雇主，冒險家會尋找能帶來利益的事物，若是假扮上述那些身分，都有一些難以令人信服的地方。唯有修行者不同，因爲這是一個爲了變強，不管做出什麼荒謬事都不奇怪的特殊職業。

「原來如此，爲了變強而挑戰魔界軍嗎？這樣一來我們會出現在戰場附近也就不奇怪了……抱歉，四張七。」

菲利翻開手牌，其餘三人立刻睜大眼睛。

「什麼！」

「又來——？」

「你作弊！」

「只不過是運氣好一點而已。」

菲利聳了聳肩，一副「你們別這麼輸不起」的表情，使得三人更加火大。

「放屁！你已經連拿三次四條了！」

「就算要作弊，好歹也低調一點吧！」

「又沒有賭注，有必要做到這種程度嗎？」

「就說我沒有作弊嘛，你們有證據嗎？」

菲利邊挖鼻孔邊辯解，態度毫無誠意可言。

「既然你這麼說，就別怪我不客氣了。」

「一決勝負吧！最輸的那一個要請大家去射月者喝酒！」

「絕對會讓你連下下下個月的薪水都吐出來。」

「哦哦！夠爽快！看來我要認眞了。」

菲利露出無畏的笑容，大膽接下同僚們的挑戰。面前三人若是聯手，就算是精通賭技的他也沒有必勝的把握。即使如此，菲利還是做出了同時挑釁三人的傻事，理由就是

「這樣才刺激！」。

就在克勞德準備洗牌時，金風與菲利突然抬起了頭，然後一起比出某個手勢。

有什麼東西接近了。他們無聲地說道。

一道身影在森林中矯捷地奔跑著。

透過從樹葉間隙灑落的月光，可以隱約看出這道身影是一名女性，身材苗條，穿著輕便的皮甲。若是視力更好一點，便能發現這名女性有著長長的尖耳，那是精靈的外表特徵。

怎麼會這樣！

克拉蒂一邊在心裡尖叫，一邊全速奔馳。

她在逃跑。

精靈的別名是森林之子。他們擁有能在樹林裡快速移動與隱匿潛行的能力，這是每個精靈與生俱來的本能，就像呼吸一樣，無須特別學習就能自然領會。一旦將森林設爲戰場，精靈比任何人都更有優勢。

即使如此，克拉蒂還是逃跑了。

相較於擁有地利的自己，敵人更加強大，而且同伴也全部戰死，孤身一人的她根本沒有勝算。

那種災獸，究竟是什麼啊！

想起先前的戰鬥，克拉蒂至今仍感到害怕。

那兩頭災獸的毛皮堅韌無比，武器難傷。災獸的攻擊方式相當單調，只會直線突進而已，但是力量或速度都極其驚人，配合那對鋼鐵般的獠牙，一旦被正面撞上，絕對沒有活命的機會——獸人丹就是這麼死的。

貝拉是第二個犧牲者。見丈夫慘死，她趁災獸停下突進的腳步時，奮不顧身地衝上去持劍猛砍。可惜她的攻擊沒有多少效果，反而被憤怒的災獸用獠牙貫穿了身體。

克拉蒂的魔法之矢雖然能夠突破災獸的毛皮，但傷害比想像中來得小。溫妮的弓箭更是淪爲擺設。沙克與坦布聯手抵擋一頭災獸就很勉強，更別說是兩頭，因此戰線很快就崩潰了。

克拉蒂曾試著借助地利，躲在樹上用魔法擊殺災獸，但對方的魔法抗性太強，哪怕她耗盡魔力，也只能讓牠們身受輕傷。無奈之下，克拉蒂只能逃跑。

「呼哈——呼哈——」

克拉蒂的呼吸越來越急促。她確定自己已經擺脫災獸，但如果對方追上來的話就糟了，以防萬一，她還是繼續奔跑，直到快撐不住才停下來。

「呼哈——呼哈——」

克拉蒂靠著樹幹喘息，同時檢查自身狀態與裝備。情況很慘，武器與行李都丟了，身上只剩一把隨身小刀，以及腰包裡的水與緊急補給品。魔力枯涸，體力也不多，要是遇到敵人就完了。

必須先找個安全的地方休息，接著回去撿行李，如果可能的話，順便安葬同伴們的屍體或是將其火化，然後回到營地向姊姊報告有關災獸的事情。克拉蒂很快就決定了接下來的行動方針。

在人界，不論哪個國家都很重視強大災獸的威脅，只要通報就能得到高額酬勞。這是因爲災獸不同於盜賊或野獸，牠們無法溝通，除了破壞什麼也不會，堪稱會移動的災難。有很多貴族因爲輕忽災獸的危險性，最後導致領地被毀滅。

毫無疑問，那種如豬似虎的災獸，正是足以導致領地毀滅的強大存在。

一旦那兩頭災獸繁衍出子嗣，並且擴大成族群，必定會對人界軍造成威脅。必須在事情惡化到那一步之前，事先拔除危險的幼苗。

拖著疲倦的步伐，克拉蒂努力尋找可以休息的場所。一直待在樹上只能避開地面的危險，但無法躲開昆蟲類與鳥類災獸的襲擊。

過了不久，某個發現令她爲之愕然。

遠處竟然有火光！

克拉蒂忍不住揉了揉自己的眼睛，懷疑自己因爲太過勞累而出現幻覺。在自己尋求休息地的時候，竟然就出現了象徵人煙的火光，這也未免太過巧合。

經過拍臉、捏腿與冥想之類的一連串測試，克拉蒂終於確定眼前的景象不是幻覺，於是她深吸一口氣，屏住氣息往火光處移動。

目前所在地位於人界軍的控制範圍，但前方火光未必是人類所爲。就算是人類，也未必會對自己抱持善意。克拉蒂也曾聽過落難者向人求援，卻因爲對方覬覦錢財或美色而反遭殺害的例子，她可不想落到那種下場。

克拉蒂打起精神，拿出身為森林之子的全部本領，無聲無息地靠近前方那團火光。

火光來自於營火。

營火附近有四名人類男性，這讓克拉蒂鬆了一口氣。接下來的問題是，這四名男子是怎樣的人？克拉蒂決定多觀察一陣子，在確認那些人的善惡之前，絕對不會現身。如果眞的無法確定，她寧願離開。

就在這時，那四名男子竟然同時往她這邊看來。

……巧合？

克拉蒂確信自己在靠近的過程中沒有發生半點失誤，躲藏的位置也選得很好，她的潛行是完美的，他們不可能發現自己……應該是吧？

抱著些許的不安，她繼續潛伏。

「我看到了，就在那棵樹上。」菲利說道。

「我也聞到了，是雌性。」金風說道。

菲利與金風分別說道。智骨與克勞德依照他們所指示的方向瞪大雙眼，可惜什麼也看不到，什麼也聞不到。

克拉蒂的潛行確實高明，但遺憾的是，在場有兩人具備能夠看穿這份技術的特技。菲利擁有為了賭博所鍛鍊出來的優秀視力與聽力，金風則是嗅覺異常敏銳。

「可是，為什麼她一直站在那邊不動？」智骨問道。眾人立刻想出各式各樣的可能性。

「只是在休息而已吧？」

「等人？」

「埋伏獵物？」

「正在醞釀拉屎的欲望？」

「尋找適合小便的地方？」

「不，或許人家剛好解放完，正在享受那種暢快的餘韻？」

「我懂，尤其是累積好幾天之後，看到那麼壯觀的一坨，心裡會生起一股強烈的成就感。」

「等等，所以那傢伙正在欣賞自己的豐功偉業？」

「不可能！我沒聞到排泄物的味道……不對，難道埋在洞裡，但還沒把土蓋上去？」

「那一坨究竟多大啊？可惡，我有點好奇了。」

智骨沒有參與眾人的討論，而是用空虛的眼神仰望月亮。一般來說，應該都會朝「對方正在觀察他們」之類的方向去想吧？為什麼他們可以想出這種答案呢？

當智骨委婉地提出自己的意見後，眾人恍然大悟。

「原來如此，那傢伙擔心會被我們攻擊，所以才躲在那邊偷窺嗎？」

「也就是說，我們要向她表示我們沒有敵意才行。」

「怎麼表示？對她大喊？」

「別傻了，那會讓她更加緊張吧。」

「眞麻煩，直接把她抓過來不就好了？」

「也對，這樣最快啡。」

「等等，千萬別這麼做！」

智骨連忙阻止已經準備站起的菲利，眾人疑惑地看著他。

「這是個好機會，就利用她來測試我們的偽裝是否完美，若有問題也好及時修正。

如果用暴力把對方擄來，讓對方有了戒心，接下來的測試會很難做。」

「事後好好對她說明就可以了吧？」

「不，我覺得智骨說的很有道理。菲利，如果有人在你拉完很大一坨、心情正舒暢的時候，突然把你拖到一群自稱沒有惡意的陌生人之間，你會怎麼想？」

「……祖母啊，請原諒不肖的孫子。代代相傳的封印禁招，現在正是使用時刻！」

「只是假設而已，別突然露出一副悲壯的表情啦。而且既然是禁招，幹嘛還要代代相傳？」

「據說是因爲祖先們覺得這樣比較帥。」

「我好像能夠理解哦！」

眼見話題又有跑偏的趨勢，智骨用力咳嗽一聲，把眾人的注意力重新拉回。

「總之，暴力手段絕對禁止。好不容易才遇到落單的人類，下次可能就沒這麼好運了。大家還是想辦法降低她的戒心吧。」

魔族個體實力比人類更加優越，然而一旦面對人海戰術還是會落敗。這裡畢竟是前線，負責巡邏的人類士兵往往集體行動，要是在他們面前暴露身分，事情就會變得很棘手。現在對方只有一個人，就算露出破綻也能及時處理，可謂絕佳的練習機會。

「用肢體動作怎麼樣？」

克勞德開口提議。眾人立刻看向他。

「我的故鄉流行一種遊戲，不但可以迅速拉近與陌生人之間的距離，還可以看出一個人的品格與個性，用在這種場合最適合不過了。」

「等等，你故鄉的遊戲，人類看得懂嗎？」

智骨提出的疑問很合理，這時菲利與金凮說話了。

「啊，難道是那個嗎？」

「如果是那個的話，說不定可以試試看哦。當初我們也是一看就懂了。」

克勞德一邊用大拇指點了點他們，一邊對智骨低聲說道：

「哪，連那兩個笨蛋都能看懂的東西，我想人類應該也能看懂。」

「原來如此，很有說服力。」

智骨認眞地點了點頭，並詢問那個遊戲要怎麼玩。

……一分鐘後，營火旁邊多了四個只穿著內褲的男人。

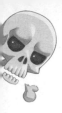

智骨困惑地看著同伴，然而他們只是一臉理所當然地開始熱身，眼神中毫無迷惘。

「克勞德，這是……」

「啊啊，智骨，我講解一下這個遊戲的玩法。用說的太麻煩了，我們三個直接表演一次給你看。」

「不，那個——」

「規則很簡單，只要把對方的褲子搶走就贏了。但是不許使用魔法，也禁止打擊技與要害攻擊。比賽開始前，雙方要先展現自己的體魄。」

「不，我想說的是——」

「好，來吧！」

克勞德大喝一聲，菲利與金風立刻停止熱身。接著三人各站一方，呈三角狀對立。

克勞德那有如雕刻般線條分明的古銅色肌肉，在火光的照耀下彷彿泛著點點光芒。眾人之中，他的身材最爲壯碩，厚重的肌肉簡直像鎧甲一樣，帶有充滿威嚴的美感。

從外表很難看得出來，其實金風的體格意外地好。雖然沒有誇張的大塊肌肉，但線條分明，可以看出經過充分的鍛鍊。

菲利看似病弱，但衣服底下的身體其實相當結實。那沒有一絲贅肉的身材，只能用精悍一詞來形容。

「在開始之前，要先擺出你覺得最能展現出力量的姿勢！」

克勞德說完便拱起雙臂，一邊讓上臂二頭肌高高鼓起，一邊跳動自己的胸肌。金風舉起雙臂並置於腦後，強調他那有著流線型美感的優雅腹肌。菲利側過身體，兩手交握成環形，同時微屈雙腿，展示漂亮的肌肉條線。

「……」

一股無法形容的悶熱空氣迎面撲來，令智骨說不出話。

「然後，開始！」

一聲令下，三名只穿著內褲的男人立刻衝向彼此，爲了讓對方全裸而戰鬥。他們時而分開，時而糾纏；時而使用摔技，時而使用關節技；時而躺在地上打滾，時而站起來互相擒抱。

遊戲是一件能夠令人感到愉快的事，只見克勞德等人一邊大聲歡笑，一邊爭奪對方的內褲。溫暖的營火、只穿著內褲的男人、爽朗暢快的笑聲，這些要素共同營造出一種陽光的氣氛。

「怎麼樣？看懂了嗎？」

克勞德一邊高舉內褲，一邊轉頭看向智骨。身爲失敗者的金風與菲利則是身無寸縷地躺在地上喘氣，雖然輸了，但他們臉上的笑容沒有一絲陰霾。

「……換一個吧，拜託。」

智骨一邊用空虛的眼神看著他們，一邊說道。

「咦？爲什麼？」

克勞德一臉不可思議地問道。

「如果是我，絕對不會想跟你們扯上關係。」

四個正在玩搶內褲遊戲的赤裸男子——看到這種恐怖的畫面，別說是異性了，就連同性都不會想接近。

「可是她已經過來了耶？」

「什麼！」

智骨驚訝地轉頭，果然看見一道身影正在接近。

真不可思議，難道人類的感性與魔族的差異大到這種地步？這一刻，智骨深深體會到什麼叫文化衝擊。

克拉蒂放心地走向營火。

之所以做出這麼大膽的行爲，是因爲她已經看出來了——這四個人是笨蛋。除了笨蛋，沒人會在危機四伏的深夜森林裡脫下裝備，搶奪彼此的內褲，甚至還發出如此宏亮的笑聲，彷彿完全沒有想過要是引來災獸或野獸的話該怎麼辦。

既然是笨蛋，應付起來就不難了，哪怕對方露出歹念，她也有自保的信心。

那四人似乎也發現了克拉蒂，同時停止動作看向她這邊。等到靠近後，克拉蒂才發現這四人之中，竟然有三人皆是容貌端正之輩。紅髮、金髮與白髮男子皆是難得一見的美男子，而且風格大不相同。與他們站在一起，那名黑髮男子顯得更加平庸，簡直就像是爲了突顯「陪襯」這個形容詞而存在一樣。

反過來說，正因爲黑髮的平凡，才提高了其他三人的不凡……外表等級的差距明明這麼大，卻還能混在一起，代表他們都是笨蛋吧。

俗話說物以類聚，人與人之間必須存在某種共同點，才能建立起交往的基礎。這個共同點可以是社會地位，也可以是興趣或工作。在克拉蒂看來，這四人應該是因爲內在極爲相似，才會結成隊伍。

克拉蒂一邊思考著極其失禮的事情，一邊來到了智骨等人面前。她在相隔眾人約五公尺遠的地方停下腳步，這是一個她自認足以應付突發狀況的距離。

「抱歉，冒昧打擾各位休息。我叫克拉蒂・雪音，不久前因爲遭到災獸襲擊而落難了，如果方便的話，可以向你們借一個角落休息嗎？」

克拉蒂使用的是通用語，這是當初第一次兩界大戰期間，人界爲了集結諸國力量所創造的語言，以免因爲溝通障礙導致作戰失誤。第一次兩界大戰結束後，通用語因爲其泛用性，逐漸變成了人界諸國的官方語言。

另外，「雪音」是克拉蒂在外行動時的假名。「星葉」是精靈的知名氏族，一旦搬出這個氏族名，很容易惹來不必要的注目。

聽完克拉蒂的自我介紹與來意後，對面的人也跟著開口了。

「吽吽嘛啊吽咧歐吽吽。」

「咦？」

「嘶啡噫嘛達哩啡。」

「咦、咦？」

「啾哦嘎雷啾哩啾哦啾啾哇。」

「咦咦？咦咦咦？」

紅髮、白髮與金髮男子分別發出一段在克拉蒂聽來完全意義不明的聲音。就在她心想：「這是某個鄉下地方的人類方言嗎？」的時候，一旁的黑髮男子突然從地上撿起木柴，往三人的後腦勺狠狠地敲下去。

「不好意思，這些傢伙因爲剛才身體活動得太激烈，腦子有點混亂。妳說妳遇到災獸了？運氣眞不好。出門在外，大家應該互相幫助，不介意的話，請盡量休息吧。」

智骨滿臉笑容地回答克拉蒂，然後他轉頭看向克勞德等人，露出了惡鬼般的表情。

「你們是白痴啊！幹嘛用魔界語！」

智骨壓低聲音怒罵。三人連忙道歉。

「抱歉，一不小心就用上了。」

「人界語……我、我是、我叫金風。嗯，是這樣講對吧？」

「還要把意識集中在護符上，眞麻煩啡。」

智骨等人從未學過人界語言，但魔法這種東西能將絕大多數的不可能化爲可能。爲了這次行動，上面特地爲他們準備了附有高階魔法「語言精通」的特殊道具，而且還是一人一個。

「差點就穿幫了，幸好那女的看起來不怎麼聰明。」

「第一個遇到的人類是笨蛋，實在太幸運了。」

「那不是人類，而是精靈。沒看到她的耳朵嗎？」

「接下來可不能再出錯了。有人犯錯的話，旁邊的人記得幫忙掩護哦。」

四人一邊慶幸遇到了笨蛋，一邊努力適應護符的操作。

至於克拉蒂則是坐在火堆旁邊，她越是觀察智骨等人，越是肯定自己的判斷。

突然遇到陌生異性，卻還不肯穿上衣服……這已經不是有沒有羞恥心，而是有沒有腦子的問題了。

是的，智骨等人至今依舊維持著全裸——雖然智骨與克勞德有穿內褲，但其實沒差多少——的狀態。如果是正常女性，見到這一幕絕對有多遠就逃多遠吧，但克拉蒂可是見過世面的傭兵，聽聞過不少奇人怪事，再加上自認看穿了四人的本質，所以尚能保持從容。

過了一會兒，智骨帶領總算習慣了護符的同伴們走向克拉蒂。

「咳，剛才失禮了。我叫智骨。」

「我、叫克勞德。」

「我、是、金、風。」

「我是、菲比尼西普拉旺嘶啡——噗！」

下一秒，菲利的喉嚨、心臟與脊椎同時遭到同伴的攻擊。智骨等人下手又重又快，而且毫不留情，讓克拉蒂嚇了一大跳。

「哈哈哈，不好意思，這傢伙叫菲利，可能因爲累了，腦子有點迷糊。」

「這、這樣沒問題嗎？你們剛剛打的地方都是人體要害吧？」

「請放心，人類這種生物，才沒有脆弱到被打幾下要害就會死掉的地步。」

「不，就是因爲打中了很可能會死，才會被稱爲要害吧……」

就在智骨爲剛才的錯誤進行辯解時，克勞德與金風朝著倒地的菲利又補上兩腳。

你、你們！不是說好要互相掩護的嗎？

是在掩護沒錯啊。用你的血掩護我們。

竟然犯下如此低級的失誤！不讓你流點血，怎麼對得起軍團長的教誨。

菲利、金風與克勞德不是用言語，而是用眼神完成上述的交流。

看著倒在地上翻白眼抽搐的白髮男子，以及彷彿什麼事都沒有發生的其餘三人，克拉蒂心中稍稍提高了對於眼前這些人的警戒等級。因爲無法預料笨蛋會做出什麼事，所以不能稱之爲無害。

「原來如此，竟然碰到了那麼厲害的災獸，眞是災難啊。」

聽完克拉蒂的遭遇，智骨忍不住發出嘆息，克勞德、金風與菲利也一臉感慨地點頭。

並非裝模作樣，智骨等人對於災獸的恐怖深有體會。不知基於何種原因，魔界經常出現強大災獸，有些災獸的力量甚至超越了魔界八大軍團長，必須魔王出手才能鎮壓。

災獸是元素失衡的產物，殺之不絕，無法根除，每年都有大量魔族平民與軍人死在災獸爪下。智骨雖然才誕生不久，但也參與過幾次災獸討伐戰，因此深知災獸這種怪異生物的可怕。

正因同樣爲災獸所苦，智骨等人才會對克拉蒂的遭遇有所共鳴。

「今晚妳就好好休息，守夜的事交給我們吧。明天我們陪妳一起回去埋葬同伴。」

「謝謝。麻煩你們了。」

克拉蒂低頭接受了對方的好意，她現在的情況可沒有逞強或虛張聲勢的餘裕。就在這時，克勞德開口了。

「話說回來，那是什麼樣的災獸？」

「像是野豬，又像是老虎的災獸。有外突的尖牙，鬃毛的顏色是灰、紅、棕相間。」

「野豬與老虎啊……」

克勞德一邊呢喃，一邊看向同伴。眼神的交流再次開始。

喂，野豬跟老虎是什麼東西？

不知道。魔界沒那種生物吧。

我在圖書館看過人界的動物圖鑑，記得野豬是一種有點像外歐皮克的動物，老虎是太格。

哦，不愧是智骨！

外歐皮克與太格變成的災獸嗎？難怪，兩種都很強啊，尤其是外歐皮克。

眾人不約而同想起了外歐皮克的樣了。豐厚多肉的頭顱，異常結實的肌肉，能夠刺穿樹木的堅硬獠牙，宛如鞭子般的長尾，三隻眼睛六條腿。正常狀態下的外歐皮克就足以打敗低等災獸，一旦變異成災獸，威脅性自然不言而喻。

人界野豬與魔界外歐皮克顯然是不同的東西，但智骨沒有解釋誤會。這是因爲他看過的動物圖鑑是簡略版，只有畫出動物的頭部而已。如果光看腦袋，兩邊確實頗爲相似。

要是遇到那種災獸，我們大概也打不過吧。

到時就逃跑吧，記得把精靈當成飼料丟出去爭取時間。

眞殘忍……不過這也是沒辦法的事。

我連正常的外歐皮克也打不過，更何況是災獸化的外歐皮克了。

智骨等人迅速訂下遇見那種災獸時的策略，一言以蔽之，就是先溜再說。由於他們的眼神交流只用了短短數秒，所以並未惹起克拉蒂的懷疑。

「說起來，你們是傭兵嗎？也是接了巡邏邊境的任務？」

從哀慟中回復過來的克拉蒂問道。智骨代表眾人搖了搖頭，然後一臉自信地回答了。

「我們是修行者。」

「……欸？」

克拉蒂的頭微微歪了一下，那是困惑的表現。

「修行……者？」

「是的。我們之所以會來這裡，就是爲了徹底鍛鍊自己的身體與心靈！」

智骨說話時，克勞德等人就在他背後擺出了展現肌肉的姿勢。雖然他們已經穿上衣服，卻還是散發出一股強烈的悶熱感。

這些傢伙是認眞的嗎？克拉蒂不可思議地看著智骨等人。

就連克拉蒂也知道，所謂修行者，其實是人類幻想小說的產物。

修行者是由「四處飄泊」、「挑戰危險」、「不計代價」這三種要素組合而成的夢幻職業。這個職業之所以夢幻，不是強大或神祕，而是因爲脫離現實。

修行者會爲了精進自我而挑戰各種事物，甚至連沒有報酬的事情也願意去做。然而無論是流浪或戰鬥都需要金錢，修行者的行動原理從根本上就有無法成立之處，但要是加上「尋求合理報酬」這項要素，修行者就跟一般的傭兵或冒險家沒兩樣了。

說難聽點，能夠成爲修行者的只有兩種人——不諳世事的小鬼，以及完全不缺錢的紈褲子弟。

克拉蒂心中湧現一股荒謬感，但看到智骨等人篤定的神色，那股感覺慢慢消散了。

……**如果是這些傢伙的話，會想當修行者也不奇怪**。

正因爲是笨蛋，所以做出什麼事都不奇怪。克拉蒂想起自己小時候也曾因爲嚮往爐邊故事裡面的英雄，做出一些令人哭笑不得的傻事，眼前四人只是過去的自己而已。

退一百步來說，就算智骨等人說謊，克拉蒂也不該揭穿，畢竟現在她可是在別人的地盤裡，令對方感到不快是最糟的做法。

「原來如此，修行者啊，眞了不起呢。」

克拉蒂點頭稱讚，智骨等人露出開心的笑容。

成功啦！騙過去了！

不愧是智骨，編造了一個好身分！

不可大意，接下來的應對也要保持謹愼，不能露出破綻。

放心，這女的看起來滿笨的，就算出錯了也能混過去。

身分問題可說是此次任務最大難關，一旦成功跨越，後面的問題都只是小事。接下來只要不犯太大的錯誤，就能順利完成任務了吧？想到這裡，智骨等人笑得更開心了。

看著眼前四人那毫無機心——說難聽點就是傻氣——的笑容，克拉蒂越發覺得自己的判斷沒錯，於是也回以微笑。

營地的氣氛頓時變得柔和起來。

「很抱歉，因爲疲勞的關係，我想休息了。可以借我一條毯子嗎？」

「哦，沒問題。妳想睡哪裡？我們幫妳清理一下地面吧。」

「非常感謝，不過不用了。我睡樹上就行了。」

克拉蒂接過毯子後，立刻轉身用輕巧的動作攀上樹木。

「那麼我先睡了，各位晚安。」

克拉蒂的聲音從樹冠裡傳了出來，因爲枝葉的遮擋，從樹下根本看不見她的身影。在樹上睡覺並非克拉蒂的個人特技，而是精靈族的專長之一。身處森林時，精靈都會利用這種方式休息，雖然舒適度遠不及地上，但勝在安全。

對方再怎麼說也是陌生男人，克拉蒂當然不可能把自己的安危完全託付給他們。

智骨等人對克拉蒂的行動感歎了好一陣子，然後也跟著休息去了。

早晨的微光從枝葉間隙灑落地面，驅散了森林的黑暗。

智骨等人在太陽從地平線彼端露臉的那一刻就起來了。克拉蒂也在眾人從地上起身的時候，從樹上跳了下來。昨晚沒有任何事情發生，是值得謳歌的平安之夜。

睡了一覺後，克拉蒂的精神明顯好了許多，體力與魔力也恢復大半。然而看到早餐後，原本因狀態好轉而喜悅的心情立刻朝著負面方向急速滑落。

「請問這是……？」

「盡量吃，不用客氣。」

克拉蒂有些疑惑地指著鍋子，智骨大方地說道。

看到眾人開始啃起硬麵包後，克拉蒂才確定他們不是在開玩笑。

有如石塊般堅硬的麵包、加鹽的熱開水、味道清淡的肉乾，這就是眾人的早餐，與昨天晚餐的內容一模一樣，唯一的變化就是增加了克拉蒂的那一份。

「你們爲什麼——不，沒事。」

克拉蒂原本想說的是「你們爲什麼只吃這種東西？」，但後來顧慮到對方可能很窮，而且又幫了自己，於是連忙把後面的話收回去。

智骨一行人的菜單，是四百多年前的東西。

第一次兩界大戰爆發後，人界諸國投注了大量金錢與資源強化軍備，尤其是關於魔法人才的挖掘與培育。這是因爲魔法的力量可以應用在許多地方，不論前線或大後方，對魔法師的需求都極爲迫切。

由於培訓方式幾乎可以用不計代價來形容，大戰期間，魔法師數量呈現爆炸性增長。這些魔法師雖然只接受了最基礎的學習與訓練，但能夠釋放魔法這點倒是無庸置疑，雖然能力有限，但由於數量龐大，他們的存在依舊發揮了極大作用。

兩界大戰結束後，爲了挽救赤字累累的財政，人界諸國紛紛削減軍費。這些速成型魔法師同樣是裁軍的重點之一，理由在於他們的魔法能力太過偏頗，而且失去了成長的潛力，如果繼續支付薪水供養他們，對國家來說絕對是一筆虧本買賣。

大量的速成型魔法師流入民間，除了少部分淪爲犯罪者外，其他人大多順利融入社會，並且將他們的魔法能力與知識應用在工作上，帶動了許多產業的技術革新——其中也包括了食物這個領域。

由於食材保存、食品加工、容器材料等相關技術的改進，如今已有更加方便與美味，並且適合長途旅行的食物。只要丟入開水就能煮出美味熱湯的調味丸、一根就能提供足夠能量的口糧棒、可以降低食物腐敗速度的魔法袋……種種新穎產品不斷推出，雖然價格不低，但仍受到旅行者的歡迎。畢竟在荒郊野外奔波了一天後，比起難吃但便宜的食物，還是美味但貴一點的東西更好。

因爲很窮……看起來也不像啊……

克拉蒂看了看眾人的裝備，雖然她對鑑定物品沒什麼自信，但眾人的衣服與武器看起來都很不錯，實在不像沒錢的樣子。

是那個嗎？爲了磨練意志，故意不吃好東西……像苦修士一樣……

克拉蒂觀察其他人吃東西的樣子，總覺得像是硬吞下去的一樣。唯獨那位名叫智骨的黑髮男子不一樣，若無其事地啃著硬麵包，看來他是四人之中意志力最堅韌的吧。

克拉蒂也跟著一起吃早餐，味道果然跟她想的一樣……不，是更加糟糕。

好難吃！真佩服以前的人，竟然可以用這種東西當便當……可是為了恢復體力，不吃又不行。

身體正在渴求可以補充能量的東西，證據就是從昨天半夜就開始咕嚕叫的肚子，所以就算味道差勁，還是必須吃下去。克拉蒂突然能夠體會古代旅人的心情了——一切都是為了活下去。

難吃到忍不住想皺眉，但那樣子對智骨等人實在太過失禮，為了掩飾表情，克拉蒂試圖用聊天轉移注意力。

「對了，我懂一點魔法，等一下要是遇到敵人，可以在後方提供支援。」

克拉蒂的說法非常謙虛。因為擁有悠長的壽命，再加上與生俱來的天賦與國家傳統，大部分精靈同時擅長武術與魔法，而且造詣精深。克拉蒂口中的「懂一點」，可能是一般人類天才才能與之抗衡的程度。

「其實我也會一點弓術與劍術，可是武器弄丟了，如果你們有多的武器，我也可以擔任前衛……不過你們應該不需要吧。」

克拉蒂朝克勞德與金風看了一眼，兩人腳邊的大斧與長劍已完全說明他們面對戰鬥時的角色定位。

「原來如此，是要介紹一下自己的拿手絕活嗎？」

克勞德點了點頭，然後將手伸向腳邊。

「事實上，我擅長的是──」

克拉蒂以爲克勞德是要拿起大斧，然而他的手卻伸向大斧旁邊的背包。

「──這個五弦琴。」

「欸？」

看著從背包裡拿出樂器的克勞德，克拉蒂的表情凝固了。

「我不只會彈琴，還會寫詞與編曲。擅長多種曲風，最近正在研究如何用弦樂器製造出管樂器的效果。」

「呃，我想知道的不是這種事，而且後面那個根本就不可能的吧。」

用五弦琴演奏出喇叭的聲音，這種事連魔法都辦不到——因爲沒人會研究那麼無聊的魔法。

克拉蒂才剛吐槽完，菲利就迫不及待地舉手發言了。

「我的興趣是賭博。拿手類型是紙牌，得意絕技是變出一張三。最近正在研究如何變出很多張三。」

「什麼？難怪以前玩牌一直輸給你！你竟然會那種魔法！」

「呼，原本是不想暴露的，不過爲了加深與精靈友人的交情，我也只好忍痛揭開自己的底牌。」

「混帳！把以前輸的錢還我！」

「那怎麼可能！白痴！」

於是菲利與克勞德開始互毆。雖然雙方體格差距甚大，但菲利巧妙地運用自己的速度優勢，打出一場非常精采的戰鬥。

「……雖然你的心意令我很感激，但我想知道的也不是那種事。還有，變牌跟魔法沒有關係。」

克拉蒂的語氣充滿了無奈。另外，魔法確實沒辦法變牌——理由同上，沒人會研究那麼無聊的魔法。

「輪到我了。我沒什麼可以拿出來炫耀的絕技，硬要說的話，應該就是擅長溝通吧。因爲四人裡面，我是最帥——嗚哦！」

金風話才說到一半，便察覺到來自後方的殺氣，於是立刻往前一撲。下一秒，他先前站立的位置便被兩個拳頭所貫穿。

「剛才口出狂言的是哪張嘴啊？」

「最帥？呵呵，那種自以爲是的妄想，有必要好好矯正一下啡。」

克勞德與菲利放下先前的爭執，一邊折著手指，一邊帶著獰笑走向金風。

「啊啊，正合我意。是時候用武力決定一下誰是這支隊伍裡顏值最高的人了。」

金風露出無畏的笑容。就這樣，三人打成了一團。

克拉蒂按住自己的眼睛，明明是清爽的早晨，她的心底卻湧上一股疲憊感。至於「靠拳頭決定誰最帥」這種奇怪邏輯，她已經懶得去吐槽了。

雖然知道這些傢伙是笨蛋，但沒想到會笨到這種地步。要是遇到昨天那種災獸，這群人必死無疑。

「我是魔法師，雖然位階很低，不過各種系統的法術都會用。」

「我不想知道這種——欸？」

原本以爲又會聽到一堆傻話的克拉蒂猛然抬頭，接著用力握住智骨的雙手上下擺動。

「就是這個！我想知道的就是這個！你雖然長得不怎麼樣，但是腦袋還算正常！太好了！」

智骨無言地看著一臉激動的克拉蒂，心想這位雌性精靈似乎比他估計的還要笨。

關於本領方面的話題依舊持續著。

「咳，剛才失禮了。請問你的魔法等級多高呢？」

總算冷靜下來的克拉蒂問道。

魔法位階在人界最初並沒有統一的標準，每個國家與種族都有自己的衡量方式，直到第一次兩界大戰爆發後，爲了便於整合力量，才開始推動魔法測定體系的標準化。

為了讓人能夠更加直觀地辨識，魔法位階改用數字來代替，原本諸如「魔導士－大魔導士－超魔導士」、「元素法師－元素大法師－元素支配者」、「星辰術士－月環術士－日冕術士」之類，帶有地域特色的分級方式全被取消。最後魔法被統一劃分為十六個等級，最低是零級，最高是十五級。

「我是第三級的魔法師。」

智骨回答。不過這個數字是假的。

魔界也有統一的魔法測定標準，但那跟人界的標準不一樣，智骨也不知道自己的實力按照人界標準究竟是幾級。安全起見，還是往低的報比較好。

附帶一提，如果是魔界標準，智骨的魔法等級確實不高，屬於中間偏下的程度。

「第三……」

克拉蒂有些傻眼。

不是因為強，而是因為太弱了。

能成為傭兵或冒險家的魔法師，魔法實力一般來說至少應該在五級左右。兩級的差距看似不大，實際上需要至少修行十年才能趕上。

當然，種族天賦與個人才能也是影響修行時間的重要因素。精靈擁有與生俱來的魔法天賦，然而就算是在族裡也屬於才能出眾，並且從六歲就開始接觸魔法的克拉蒂，到現在魔法等級也只有七級。

「……請問你會哪些類型的法術？」

「除了精神系以外都會。」

克拉蒂頓時無言。

不是因爲對方優秀，而是因爲太糟糕了。

魔法是一門博大精深的學問，根據用途，又可以劃分出攻擊系、防禦系、強化系、弱化系、幻象系、靈魂系、詛咒系、偵測系、生活系、召喚系、治療系、工程系、精神系等類型，種類多到讓人眼花繚亂。

在這之中，精神系魔法被列爲禁忌法術，嚴禁私下傳授或使用。這是爲了防止有魔法師利用這類法術迷惑他人心智，以此滿足自己的私欲，過去甚至有國家因此毀滅。正因如此，掌權者莫不傾盡全力清剿精神系魔法的使用者，而魔法師也會擔心自己被更強的魔法師操控行動，因此積極予以協助。

智骨不會精神系魔法是很正常的事，要是他會才更讓人擔心。令克拉蒂感到無言的，是智骨「除了精神系以外都會」這件事。

學習一個新法術並不容易，如果想要熟練使用，更是必須花費大量時間練習。由於壽命有限，魔法師一般只會學習「絕對派得上用場」的法術。像智骨這樣廣泛學習各種類型的魔法，基本上是笨蛋才會做的事。

……難怪才只有三級。看他的年紀，應該是把時間都浪費在學習基礎法術上面了……沒救了啊、這個。

克拉蒂忍住掩面嘆息的衝動，將視線投向正在進行死鬥的克勞德等人。

「那麼那幾位呢？他們擅長的戰鬥方式是？」

「啊啊，克勞德的戰法就是揮著斧頭一路砍過去，至於金風則是技巧派的劍士。菲利的話，應該算是拳鬥士吧。」

「拳、拳鬥……？」

看著外表有如病弱美青年一般的菲利，克拉蒂的雙眼充滿困惑。所謂拳鬥士，就是以自身拳腳作爲武器的戰士，一般的拳鬥士都是體格壯碩之輩，絕對沒有像菲利那樣瘦弱的類型。

要是再遇上那種如豬似虎的災獸，這支隊伍恐怕只有克勞德才能勉強與之一戰吧。那種災獸的皮毛異常堅韌，技巧型劍術很難貫穿其防禦，更別說是人類的拳頭了。

……不過這些傢伙能來到這裡，而且還一路活到現在，或許有什麼特殊手段吧。

除了剛出道的菜鳥，那些必須賭上生命進行戰鬥的人們，多多少少都擁有一、兩種保命招式，例如配合精妙的團隊默契、爆發性的個人絕技、強力的魔法道具等等。

就在這時，智骨突然轉換話題。

「對了，雖然有些抱歉，但在找到妳隊友的遺骸後，我們就必須分開了。沒辦法一路護送妳回去，真是對不起。」

若跟著克拉蒂回到人類聚集地，智骨擔心他們一行人的偽裝會被識破。這裡畢竟是前線，檢證身分的方式肯定相當嚴格，不可能人人都像克拉蒂這種笨蛋精靈一樣好騙。

「這是什麼話，你們能幫忙到這種程度，我已經很感激了！不過……方便請教一下，你們在那之後有什麼要事嗎？」

「我們來這裡之前就已經決定了——抵達極限之前，絕不離開。」

智骨的理由很符合苦修者的風格，完全挑不出毛病。克拉蒂一臉理解地點了點頭。

大約一小時後，智骨等人總算收拾好東西出發了。

負責帶路的克拉蒂走在隊伍最前端，她的旁邊跟著鼻青臉腫的菲利，隊伍中間是智骨與眼圈烏青的克勞德，最後面則是滿臉傷痕的金風。先前的顏值決定戰並未分出勝負，只是徒然消耗三人的體力而已，完美詮釋了何謂悲哀又無益的戰爭。

克拉蒂小心地觀察四周，一邊警戒隨時可能出現的災獸，一邊尋找自己逃亡時留下的痕跡。只要循著那些痕跡，就能回到昨天被災獸襲擊時的地方。當然，那些痕跡並非她刻意留下的記號，而是忙著逃跑沒時間將其消除的結果。

亞撒在上，希望不要遇到昨天那種災獸……

克拉蒂暗暗向神明祈求保佑，她已大致了解智骨等人的實力，完全不覺得這支隊伍有辦法打倒那種災獸。

或許神明聽見了克拉蒂的祈禱，一路上都沒遇到什麼危險。一個多小時後，眾人來到了克拉蒂當初遭遇災獸之處。

不知是災獸或野獸所爲，屍體已被啃噬得破破爛爛。雖然克拉蒂想把同伴的遺骸帶回去，但那種想法並不實際，森林裡也不適合進行火化，於是眾人挖了個坑，將屍體就地掩埋，並且回收了掉落於附近的行李。

「非常感謝你們。如果只有我一個人，恐怕要花上半天才能做好。」

克拉蒂再次向眾人道謝。埋葬屍體並不輕鬆，光挖洞就是一件很麻煩的工作，如果沒有合適的工具，更會加倍辛苦。負責挖洞的是智骨，他使用挖掘術，一下子就搞定了最花時間的部分。克拉蒂雖然也會魔法，但她沒學過適用於這種情況的法術。

「那麼，我們就——」

智骨原本想說出「我們就此道別吧」，然而話才說到一半，遠方突然傳來了巨大的轟隆聲。

眾人立刻提起武器警戒，並且望向聲音傳來的方向。

轟隆聲停止了，但數秒後再次響起，這次的聲音較爲沉悶。前者聽起來像是什麼東西被打破，後者則是某種重物倒下的聲音。

「那是什麼聲音？」

「不知道。」

「去看看吧。」

「你確定?總覺得有點危險啊。」

眾人低聲討論了一會兒，最後決定前去探查一下狀況。克拉蒂表示她也願意一同前往。

兩種聲音每隔一段時間就會輪流響起，不用擔心找不到方向。眾人循聲謹慎前進，大約二十分鐘後，終於隱約看見聲音的來源。

「那是……!」

克拉蒂倒吸一口冷氣。

在遠處，聳立著一名高大的異形騎士。

之所以用「異形」這個字眼，是因爲那名騎士無論從哪個角度來看都過於異常了。無論是那匹雙眼與四蹄燃燒著青色火光的黑色駿馬，或是肩膀以上什麼都沒有的騎乘者，全都是不該存在於這個世界的東西。

附近有許多倒下的樹木，雖然不知理由，但顯然它們是被異形騎士弄斷的。先前那些聲音正是由此而來。

「魔族……！」

克拉蒂的聲音有些顫抖。

比起災獸，魔界軍是更具威脅的存在。

魔族個體實力遠勝人族，在相同條件下，要打倒一位魔族士兵至少需要十倍左右的人手。雖然不曾與魔族交手，但克拉蒂聽說過魔族有多麼厲害，傳聞中的恐怖突然出現在眼前，也難怪她會有這種反應。

克拉蒂一邊咬著指甲，一邊詛咒自己的運氣。

純論數量，魔界軍只有人界軍的五分之一。由於人手有限，巡邏邊界的魔族士兵數量並不多。人界軍也知道這一點，所以邊境巡邏的任務才會受到傭兵的熱烈追捧，如果遭遇魔族士兵的機率很高，就算報酬提高一倍也不會有人肯接吧。

而且偏偏還是無頭騎士……

只要是曾出現在戰場上的魔族，人界軍都會收集相關資料，並且無償提供給參戰者知曉。那些資料克拉蒂早已牢記於心，因此一眼就認出那名異形騎士的真面目。

根據資料，無頭騎士是不死生物。與人界不同，魔界的不死生物擁有在陽光下行動的能力。無頭騎士不僅擅長白刃戰，魔法抗性也很高，當一群既不會死也不會累的騎兵在戰場上發動衝鋒時，那樣的畫面堪稱惡夢。

「大家！那個、不是我們可以對付的東西！千萬不要發出聲音，小心地撤退！」

克拉蒂死死盯著不遠處的無頭騎士，同時輕聲對著智骨等人說道。

就在這時，無頭騎士彷彿發現了什麼似地，將身體轉向他們所在的方向。克拉蒂的心跳瞬間漏了一拍。

被發現了……？不、不對，只是偶然！我沒有發出很大的聲音。

克拉蒂希望對方只是剛好轉身而已，可惜她的期待沒有成眞。只見無頭騎士驅使坐騎緩緩朝他們走來。見到這一幕，克拉蒂已經預料到接下來會發生什麼事了。

逃是逃不掉的。對方有馬，而且還是不會疲憊的不死生物。由於個體實力差距太大，就算拋下同伴逃跑也沒有意義，只會更方便對方輕鬆地逐一解決他們。

這一刻，克拉蒂有些後悔自己爲什麼沒有聽從姊姊的訓誡，要是留在要塞裡，就不會遇到這種事了。不過她馬上就把這個想法拋到腦後，就算再怎麼回首過去，時光也不會因此倒流。現在最重要的，是集中精神對付無頭騎士。

「……大家，已經逃不了了。拚盡全力吧，這樣或許還能爭取一線生機。」

克拉蒂說完，立刻準備吟唱魔法。就在這時，一隻手搭上了她的肩膀。

「等等，雪音小姐。這裡就交給我們，妳先走吧。」

「咦？」

克拉蒂訝異地轉頭。

說出這句話的人是智骨，由於他的神情與語氣太過鎮定，因此直到兩秒後，克拉蒂才意會到眼前的男人究竟說了什麼。

「等、等等！你瘋了嗎？那可是魔族！而且還是無頭騎士！光憑你們不可能贏的！」

「雪音小姐，這句話我可不贊同。誰比較強這種事，要打過才會知道。」

「無頭騎士啊……哼哼，我的寶劍已經飢渴難耐了。」

「事實上，我曾經打死過不少不死生物啡。」

克勞德、金風與菲利也紛紛開口，克拉蒂頓時說不出話來。

竟然笨到這種地步……不、不對！

克拉蒂恍然大悟。

這些人不是蠢笨，而是想讓自己逃走。

自從第一次兩界大戰爆發後，關於魔族的強大與恐怖就在人界廣爲流傳。這些人不可能不知道魔族的力量，即使如此，他們還是想讓她離開，哪怕有可能就此犧牲。

「……爲什麼？」

爲什麼願意爲只認識不到一天的人做到這種地步？

克拉蒂不覺得這些人迷上了自己。從智骨一行人投來的目光之中，感覺不到任何欲望。她對自己的容貌還算有些自信，但在這四人面前，那份美麗彷彿不存在一樣。正因如此，她完全想不出對方這麼做的理由。

「沒什麼好奇怪的。妳有必須回去的理由，而我們有無法退縮的理由。」

「無法退縮……的理由……？」

「我們可是修行者。面對難關，怎麼可以輕言退縮呢。」

智骨淡然說道。克拉蒂馬上理解了，這是爲了不讓她抱有罪惡感才搬出的藉口。

「沒錯，這裡就交給我們吧！」

「反正該做的事情都做完了，就在這裡分別也不錯。」

「路上小心、啡。」

其餘三人也跟智骨一樣，用滿不在乎的口氣與她道別。克拉蒂被眾人的豪氣感動，眼眶逐漸泛紅。

「你們……」

「快走吧。那傢伙要來了。」

短短幾句話的時間，無頭騎士已來到距離他們藏身處僅有兩公尺的位置。克拉蒂深吸一口氣，努力壓抑激動的心情。

「……請務必讓我與各位一起並肩作戰！畢竟多一個人就多一分勝算。」

「不，我就說——」

沒等智骨的話說完，克拉蒂便開始吟唱咒文。

察覺到魔力的波動，無頭騎士立刻舉起騎槍。與此同時，其他人衝了上去。

「呀哈！」

「受死吧！」

「揍扁他！」

彷彿被嚇到似地，無頭騎士的動作出現了一瞬間的僵硬。菲利沒有錯過這個機會，他以驚人的速度竄至無頭騎士面前，然後使出一記飛踢。無頭騎士被這一腳狠狠踢中，身體大幅搖晃，幾乎快要摔下馬。

無頭騎士的坐騎極有靈性，只見牠發出嘶鳴，主動撲向即將落地的菲利，企圖用青色火蹄踩扁敵人。這時一道劍光斬中火蹄，激盪出點點火星。金風及時趕到，擋住了妖馬的攻擊。

無頭騎士才剛穩住身體，克勞德的戰斧便砍了過來。無頭騎士舉起盾牌接住了這一擊，不過也因此失去平衡，從馬背上摔了下來。

此時克拉蒂正好唱完咒文，六發魔法之矢在空中劃出有如遊蛇般的閃耀光痕，漂亮地擊中了落地的無頭騎士。閃光炸裂，同時掀起猛烈的暴風。

光與風的亂流很快就平息了，而無頭騎士則是昂然佇立在原地。

無效……！可惡，果然跟傳聞中的一樣！這傢伙的魔法抗性太高了！

見到這一幕的克拉蒂不禁心生絕望。

她剛才使用的魔法名爲「穹光之箭」，是以光元素爲主的遠程攻擊法術，具有自動追蹤效果，還能根據施術者注入的魔力量調整威力。雖然只是四級法術，但最高可以提升到接近六級法術的威力。

對付那種如豬似虎的災獸時，克拉蒂的穹光之箭起碼還能讓對方負傷，同樣的魔法用來攻擊無頭騎士，卻收不到任何效果。

就在這時，智骨也唱完了咒文。

「沒用的！那傢伙的魔法抗性——欸？」

克拉蒂的聲音戛然而止，這是因爲無頭騎士突然從她面前消失了。

「幹得好，智骨！」

「上啊！」

「就是這樣啡！」

接著克勞德等人也消失了。克拉蒂這時才看清楚，無頭騎士其實是掉進了坑洞裡面，而克勞德他們則是跟著跳了進去。原來智骨用的並非攻擊性法術，而是挖掘術。

克拉蒂瞪大雙眼，訝異地說不出話來。

無頭騎士身形高大，在狹窄的地洞裡難以行動，再加上克勞德等人從上方壓擠踩踏，這樣一來無頭騎士恐怕眞的爬不出來了，除非他擁有攻擊頭頂正上方——而且是在無法行動的情況下——的招式，但至今從未聽過無頭騎士有這類手段。

這樣一來，搞不好他們眞的可以殺死無頭騎士！

好厲害……！

克拉蒂忍不住心生佩服。挖掘術屬於工程系魔法，只有少數魔法師會學習，沒想到竟然可以這樣用。

就在克拉蒂暗暗讚歎之際，智骨突然舉手指向前方。

「還沒結束！那個就拜託妳了！」

智骨指的是無頭騎士的坐騎。那匹黑色妖馬見到主人掉入洞裡後，立刻衝了過去，圍著洞口不斷打轉。這匹馬似乎頗爲聰明，要是放任不管，或許有可能想出幫助無頭騎士脫困的方法。

克拉蒂見狀點了點頭，然後開始吟唱咒文。

隨著咒文的牽引，體內的魔力與外界的元素達成連繫。以意志編織法術，元素則隨同意志起舞，魔法於是成形。

克拉蒂依然選擇使用穹光之箭，這是她最擅長的法術。黑色妖馬的魔法抗性不如無頭騎士，被三道光之箭矢轟炸後，身上多出不少傷口。妖馬的傷口沒有流血，而是流出有如黑霧般的氣體。

或許是知道情況不妙，黑色妖馬嘶鳴一聲，轉頭就跑。

「快追！如果牠去找救兵就麻煩了！」

「交給我吧！」

克拉蒂立刻追了過去。黑色妖馬雖然受傷，但畢竟是不死生物，動作完全沒有受到影響。妖馬奔跑的速度雖快，但在森林之中，精靈的速度完全不會輸給妖馬。

等到看不見克拉蒂與黑色妖馬的身影後，智骨緩緩走到了坑洞旁邊。

「你們可以出來了。」

智骨的話才剛說完，一顆腦袋立刻從洞裡探了出來。那是菲利。

「嗯，沒問題啡。」

確認完外面的情況，菲利從洞裡跳了出來，接著是克勞德與金風。無頭騎士因爲身體被卡住，必須有人幫忙才能把他拉出來。

「怎麼回事？你們爲什麼會在這裡？而且還突然攻擊我。」

無頭騎士一邊拍掉身上的灰塵，一邊用魔界語朝眾人問道。明明沒有頭，卻能夠發出聲音，這也是不死生物的特點。

「我們才想問你哩。你跑來這裡幹嘛，巴倫？這裡可是敵軍的地盤哦。」

克勞德同樣用魔界語反問對方。

這名無頭騎士正是巴倫，不死軍團長的副官。「……那、那個……偵、偵察。嗯，對，我在偵察。」

巴倫支支吾吾地說道。眾人不發一語地看著他，眼神傳達出「你把我們當白痴？」的無言訊息。

「那你們呢？你們又爲什麼在這裡！」

巴倫惱怒地質問。克勞德挺起胸膛，一臉理所當然地回答了。

「當然是執行任務。」

「哼，什麼任務需要你們跑來這邊？而且還跟人類——欸？難、難道是那個嗎？人類補完計畫的……？」

巴倫也有出席人類補完委員會的會議，見智骨在這裡，一下便猜出了原因。

「原來是這樣啊……想不到你們這麼快就跟人類成功接觸了，而且看起來關係還不錯。要是換成我，絕對沒辦法做到這種事。了不起！你們眞是太厲害了！」

巴倫用佩服的語氣大聲稱讚眾人。眾人不約而同地點頭，表示你說的一點也沒錯。

「那麼我就不打擾你們工作了，願魔神保佑你們任務順利。」

巴倫說完便準備離開，但他的身體卻在下一刻僵住了——因爲金風的長劍正攔在他面前。

「等等，別急著走。你還沒回答我們的問題。你在這裡幹嘛？」

「偵察——」

「喝！」

「嗚哦哦哦哦哦——？你幹什麼！我的肚子啊！」

巴倫發出哀號，他的腹部被長劍貫穿了。

「喂，你是不死生物吧？又不會痛。」

見到巴倫的誇張反應，不只金風，就連其他人也不禁傻眼。

不死生物沒有痛覺，別說是肚子被插一劍，就算千箭貫體也能像平常一樣活動，只有靈魂方面的攻擊才能給不死生物帶來疼痛反應。

「不會痛，可是會壞！回去我又要換零件了！很麻煩的啊！」

巴倫不滿地喊道。

不死生物沒有自癒能力，治癒藥水與治療魔法對他們也沒有效果。一旦身體出現重大損傷，就只能像修理機器一樣，拆除壞掉的部分，重新裝上一個新的，俗稱換零件。

乍聽之下似乎很方便，但現實與理想之間往往存在一段巨大的差距。不死生物的生體零件跟機器零件不一樣，無法大量製造，也不存在標準化這種事，因此適合的零件沒那麼好找，就算找到了，也不一定申請得下來。即使巴倫貴爲軍團長副官，也無法保證可以馬上找到符合要求的生體零件。

聽完智骨的說明，眾人感同身受地點了點頭。只要是軍人——不，應該說只要是置身於某個體系之中，就必定嘗過類似的經驗。申請的東西永遠下不來，就算下來了也不是當初要求的東西，抗議也沒用。

「原來如此。抱歉吶，對你做了過分的事，巴倫。」

「哼，你知道就好。」

「這樣一來更好辦了。老實交代，否則我再捅你幾劍。」

「你這個惡魔啊啊啊啊啊啊啊──！」

在金風的脅迫下，巴倫不得不說出自己出現在這裡的原因。

「我只是想放鬆一下而已啦。每天都用人形活動，長期下來也是會累積壓力的，偶爾也想變回原形，稍微喘口氣。」

眾人面面相覷，這個理由完全出乎他們的預料。

「累積壓力……？你會嗎？」

「不，完全不會。怎麼可能會累積壓力？」

「變成人形很好玩啊，要塞裡面有很多東西可以玩啡。」

「那是因爲你們的原形本來就接近人形，或是已經習慣變形了！像我這種魔族，變成人形之後要重新適應一大堆東西，肯定會累積壓力的啊！」

巴倫大聲反駁。其實他還有一個理由沒說出來，那就是超獸軍團是眾所皆知的肌肉集團，上至軍團長下至士兵的神經都比鋼條還粗，所以才感受不到壓力。他這個不死生物的心靈可是相當纖細的，跟他們這些莽夫不一樣。

「就算這樣，你也不用跑來這裡。在要塞裡隨便找個地方變回原形不就好了？」

「要是被別人看到怎麼辦？身為軍官，就必須以身作則，貫徹上級的命令。要是部下學我一樣沒事就變回原形，人類補完計畫不就推動不了了嗎？」

「不，人類補完計畫其實不算命令……」

「就算這樣，那也是長官想要推動的事情，不能因此而鬆懈。」

面對巴倫正氣凜然的回覆，眾人啞口無言。

嚴格說來，人類補完計畫其實是正義之怒要塞私下進行的實驗，並未正式向軍部報備立案。由於缺乏法理上的強制性，士兵們就算消極怠工也不會受到懲罰，巴倫就是知道這一點，才會強迫自己在部下面前一直維持人形，好作為榜樣。

「原來如此，看來我們誤會你了啡。」

「為了工作一直默默忍耐，真是硬漢吶，巴倫。」

「令人欽佩，巴倫。」

「話說回來，特地躲到沒人看見的地方釋放壓力……這個行爲，不覺得有點像那個嗎？」

「……自瀆啡？」

「喂！我都特地使用代名詞了，別直接說出來啊！」

「不，那個，其實我也覺得有點像……」

「也就是說，巴倫是爲了自瀆才偷偷跑出要塞囉啡。」

「而且還弄斷了一大堆樹……多麼激烈的自瀆……！」

「令人欽佩，巴倫！」

眾人的討論方向以驚人的速度出現偏移，巴倫的悲壯行爲頓時被鍍上一層曖昧的色彩。

「喂！給我等一下！」

「放心，巴倫，我們會幫你保密的。」

「相信我們，我們的嘴巴都跟魔界海蚌一樣緊。」

「別害羞，只是自瀆而已，每個人都做過那麼一、兩次啦……大概吧啡。」

「智骨，你也說點什麼啊！快幫我解開這個誤會！」

巴倫將希望放在從剛才就一直沉默不語的骷髏法師身上，在他看來，這群人裡只有智骨的腦袋算正常，而且對方同是不死生物，肯定會幫自己講話。

「嗯……」

智骨遲疑了一會兒，然後說道：

「我是沒有這樣的經驗……不過跑出要塞自瀆什麼的，還是有點過分，我覺得找間密室就可以了。如果擔心聲音太大，可以請別人用魔法封鎖聲音，理由應該不難找……」

「我不需要這方面的建議啦——！」

無頭騎士的悲鳴響徹樹林。

一道巨大黑色身影穿梭於樹林之間，一道嬌小的淺綠身影緊隨其後。

由於樹木的干擾，黑色妖馬無法全速奔馳，因此克拉蒂勉強能夠追上對方。然而她也只能做到這個程度，無法再做些什麼了，吟唱魔法需要時間，手邊的武器也不允許她與妖馬進行白刃戰。

要是有弓箭就好了！

克拉蒂後悔沒把先前撿回來的弓箭帶在身上。就在這時，數道巨大光矢突然從前方疾射而來！

猝不及防的攻擊。妖馬被光矢擊中，在閃光的轟鳴中翻倒在地，克拉蒂也訝異地停下腳步。很快地，她的表情便由驚訝轉爲驚喜。

遠方出現了七道身影，他們穿著人界軍軍服，而且全是精靈。

「二小姐！」

看似首領的精靈遠遠喊道。克拉蒂也高聲喊出了對方的名字。

「莫拉！」

莫拉是克莉絲蒂的部下，被派來負責照顧——包括監視——克拉蒂。克拉蒂當初是瞞著莫拉偷偷溜出要塞的，可想而知，她的行爲肯定給對方帶來了莫大困擾。

克拉蒂曾想過莫拉會來找尋自己，沒想到會來得這麼及時！

還沒來得及品嘗遇見同胞的喜悅，克拉蒂便看見妖馬重新站了起來，並朝另一個方向奔跑。

「攔住牠！」

克拉蒂連忙大喊。對面立刻射出早已搭好的弓箭。精靈的弓術水準普遍很高，有些高手甚至能夠一邊移動一邊射箭，狙擊奔跑的馬匹自然不在話下。妖馬的脖子與腿部中箭了，但牠卻像什麼事都沒發生般繼續奔馳，這一幕令援軍大吃一驚。

「那是不死生物！一般的攻擊沒有用！」

克拉蒂追了過去，莫拉等人隨即跟上。

「二小姐，這是怎麼回事？」

「事情很複雜！我加入了一支隊伍，接了巡邏邊境的任務，結果遇見從沒見過的災獸，隊伍全滅了！然後——」

面對莫拉的詢問，克拉蒂一邊奔跑一邊簡述事情的經過，但速度絲毫沒有受到影響。聽完之後，莫拉臉色變得凝重。

「原來如此。那就絕對不能放牠走了。」

就在這時，森林深處傳來一道淒厲的吼叫。

一聽見那道吼聲，妖馬突然調頭，奔向吼叫傳來的方向。

「無頭騎士在召喚坐騎！別讓他們會合！」

克拉蒂喊道。雖然不知道無頭騎士是怎麼發出聲音的，但這是最合理的解釋。

妖馬的速度變得比先前更快，因爲來不及避開樹木，身體與樹木發生了好幾次的碰撞。如果是一般的馬，此時肯定已傷痕累累，但妖馬是不死生物，這種程度的傷勢完全影響不了牠。

眾人與妖馬的距離越拉越遠，雖然他們已全速奔跑，但只能勉強維持在把妖馬留在視野中的程度。過了不久，他們便看見一道巨大身影跳上妖馬，奔向樹林深處。不知是基於什麼樣的原理，妖馬的速度沒有因爲載人而減緩，反而變得更快了。

「你們沒事吧？」

見到滿身是傷的智骨等人，克拉蒂連忙停下腳步。或許是因爲眼見已追不上妖馬，莫拉一行人也放棄了追擊。

「我們還好，多謝關心。」

「咔啦……咔咈啞咔歐嘛啞……」好痛……那傢伙，下手竟然這麼重……

「啡嘶啡啦咪，啡啦嘎。」很明顯是想滅口啊，那個混帳。

「嘛啾嗶咈，安啾。」可惡，武器都壞了。

只有智骨回應了克拉蒂的詢問，其他人則是用魔界語咒罵已經離開的無頭騎士，智骨立刻用斷掉的法杖用力往他們的後腦勺來上一下。

「幹嘛！……啊？哦、哦哦，我們沒事。」

「放心，這點小傷，塗點藥就好了。只是斷了幾根骨頭而已，哈哈哈。」

「怎麼突然多了一堆生面孔？他們是誰啡？」

見眾人似乎沒什麼大礙，克拉蒂不禁鬆了一口氣。智骨一行人此時的模樣相當淒慘，不僅處處傷痕，武器與防具也嚴重損壞。從四周環境的破壞痕跡來判斷，那絕對是一場激烈的戰鬥吧。

克拉蒂接著向智骨他們介紹了莫拉一行人。她並沒有說出莫拉的身分，而是用「正在軍隊任職的熟人」稱呼他。莫拉沒說什麼，只是輕輕點頭，默認了這個說法。

「話說回來，沒想到你們這麼厲害，竟然可以擊退無頭騎士。要打倒那個，至少需要出動一支精銳小隊呢。」

克拉蒂佩服地說道。

「哼哼，要不是那傢伙溜得快，現在早就被我們幹倒了。」

「像那種專門坐辦公桌——我的意思是，看起來很像是文職人員的無頭騎士，強不到哪裡去的啡。」

克勞德與菲利挺起胸膛，毫不客氣地接受了這番讚美。金風無言地撥弄頭髮，露出一副「這點小事不算什麼」的表情，似乎是想營造高手的感覺。唯有智骨搖了搖手。

「我們沒有擊退無頭騎士，被逼入絕境的反而是我們。」

「喂喂喂，智骨，你在說什麼啊？明明——」

克勞德皺眉喊道，但是後面的話卻被智骨以物理方式——直白一點的說法，就是法杖顏面攻擊——打斷。

「恐怕，是因爲坐騎的關係吧。無頭騎士與坐騎之間有著奇妙的精神連繫，他通過坐騎感應到你們的出現，所以召回坐騎撤退，迴避了被夾擊的危險。逼退無頭騎士的，其實是你們。」

智骨的解釋沒有證據，但聽起來合乎情理，更重要的是照顧到了莫拉等人的自尊心。雖然只有一點點，但士兵們看待智骨的眼神變得柔和了。

克勞德似乎還想說些什麼，但被智骨用力一瞪而退縮了。金風與菲利拍了拍克勞德的肩膀，說著「好啦好啦，只要知道其實我們才是勝利者就夠了。」、「智骨會這麼說一定是有原因的啦。」、「人家可是天才。」之類的安慰話語。

「接下來……克拉蒂小姐，既然已經有人來迎接妳，那我們就此別過吧。」

這時智骨突然話鋒一轉，提出了分手的要求。克拉蒂不禁一愣。

「我們要繼續未完成的修行了，希望日後有機會再見面。」

「啊……」

克拉蒂回過神來，有些遺憾地點了點頭。

「我知道了。若是以後能再相遇，請務必讓我請你們喝一杯。」

「我們會期待的。雖然相處的時間不長，卻是一段很有意義的時光。那麼——」

「等等，你們不能走。」

莫拉突然開口，眾人的目光全都聚集到他身上。

「諸位不能就這樣離開。請你們跟我一起回去接受調查，詳細說明事情始末。」

「喂，莫拉！」

「他們與無頭騎士交手過，而且還活了下來。如果能從他們的戰鬥中發現些什麼，或許就能找出無頭騎士的弱點。」

「你在說什麼啊！我軍早就在戰場上與無頭騎士交手過好幾遍了吧，該收集的情報早就收集到了。」

「那不一樣。在大規模集團戰中，有些東西容易被隱藏或忽略。至今爲止，我軍沒人與單獨行動的無頭騎士戰鬥過，或許這次我們可以得到從未發現過的珍貴情報。」

莫拉的理由堪稱無懈可擊。士兵們的眼神突然變得銳利，散發出「絕對不能讓這些人走掉」的氣勢，就連克拉蒂也不知道該怎麼反駁了。

「事情就是這樣，麻煩各位與我們走一趟了。各位的狀況看起來不太好，請不要反抗，免得令你們傷勢加重。」

「哈啊？開什麼玩笑，憑什麼要照你說的話去做？你以爲你是誰啊！而且這點小傷根本不算什麼，老子只要恢復原——噗哦？」

菲利的抗議被一根壞掉的法杖打斷。出手的人還是智骨。

「抱歉，因爲才剛激烈活動過身體，這傢伙的情緒有點亢奮。我們願意接受調查，請帶路吧。」

「欸——？」

「智、智骨？」

克勞德與金風發出訝異的叫聲。智骨回頭向他們使了個眼色，示意他們不要輕舉妄動。雖不明白智骨到底想幹什麼，但基於對同僚的信任，克勞德三人還是放棄了抵抗。

主角誕生

魔界軍・不死軍團——以不死生物為主力的軍團，擁有無與倫比的續戰力。
智骨喲～我親手創造的可愛部下，
來到這個世界的感覺如何啊？
是，感覺非常地好！
種族：骷髏（一歲）
很好。
屬下必定會拚命工作！
為了宣揚不死軍團的榮光而努力！
調職令
對象：智骨
時間：0月0日
地點：超獸軍團
!?
連種族都不一樣了嗎？

03. 隱藏的黑手

由於復仇之劍要塞仍未建造完成，因此人界軍在要塞外面建立了兩道防線。防線的主體雖是傳統的壕溝與柵欄，但造得非常堅固，壕溝又深又廣，柵欄也極爲高聳。

兩道防線之間的距離約一千公尺，並設有以千人爲單位的駐軍。防線內的生活設施水準雖然比不上要塞，但也算得上一應俱全。除了帳篷以外，還有若干石造與木造建築物，這些建築大多是爲了某些特殊用途而建造，其中包括了監獄。

第一防線的監獄並不大，自從完成後，只關過寥寥數人。大部分是違反軍法的士兵，偶爾也會用來囚禁野獸，至於魔族倒是從來沒關過。這是因爲人界軍沒有餘力在廝殺激烈的戰場上俘虜魔界士兵，而魔界士兵哪怕面對必死的局面，也絕對不會投降。

然而就在今天，這座監獄終於發揮了它眞正的存在意義，迎來四名外表看似人類、其實眞面目是魔族的客人。

「因爲那時候百魔之眼還在啓動狀態。」

智骨對同僚解釋自己當時爲何會做出那樣的決定。

「關掉不就好了？」金風問道。

「那事後該怎麼跟上面說明？如果上面看了影像記錄，然後問你：『爲什麼突然關掉百魔之眼？』、『這些人後來怎麼樣了？』的話，該怎麼回答？別忘了還有測謊術這種東西。」

「原來如此……要是我們當時露出真面目，把他們全部幹掉的話，就與任務目標相牴觸了。」

克勞德摸著下巴說道。

「我們的任務不是『與人類接觸』而已嗎？這跟幹掉他們不相關吧啡。」

菲利立刻反駁。克勞德嘆了一口氣。

「用點腦子吧，菲利。我問你，我們爲什麼要跟人類接觸？」

「爲了測試人類補完計畫的成果啡。」

「人類補完計畫的目的是什麼？」

「研究人類的思考模式與行動原理，進而預測他們有可能採取的戰略與戰術，爲我軍奠定勝利的基石啡。」

菲利的回答沒有絲毫猶豫。因爲這些都是「人類補完計畫指導大綱」裡面的內容，他只是把背下來的東西複述一遍而已。

「就是這樣。在這個前提下，我們與人類接觸的時間越長，代表我們的偽裝越成功，所以不能殺了他們，要用武力以外的方式解決問題。是這樣吧，智骨？」

克勞德看向智骨，後者點了點頭，表示這番說明並沒有錯。

「……眞麻煩啡。」

「就算再麻煩也得做到。或者，你想挨黑穹大人的拳頭？」

克勞德這句話令其他三人打了一個冷顫，尤其是智骨，只見他聞言抱頭跪在地上，雙眼無神地不斷重複著「我不想死」的呢喃。能夠將一名不死生物逼到這種地步，可見黑穹的拳頭有多恐怖了。

「振作啊，智骨！不要輸給恐懼！你雖然被黑穹大人殺了很多次，可是現在不是還好端端地坐在這裡嗎？」

「我不想死、我不想死、我不想死、我不想死、我不想死……」

「……完全壞掉了啊。」

「換成是我也會壞吧。每幾天就要被打碎一次什麼的，就算精神再強韌也撐不住啊……」

克勞德三人回想起黑穹那有如副官屠殺機一般的華麗戰績，心中再次湧起對於智骨的感激與敬意。正是因爲眼前這位不死生物，他們三個才能平安地活到現在，否則早就緊跟著過去那些副官前輩的步伐，在墓碑底下長眠了吧。

黑穹並不是一個暴虐的長官，相反地，她的管理方式相當寬鬆，不會對部下提出無理要求，也不喜歡擺架子，因此在士兵之間聲望極高。只要扣除掉「會在無意識間使出殺人攻擊」這一點，簡直就是理想的上司。

過了好一會兒，智骨總算從精神崩潰的深淵中爬了出來。

「……總之，一切以完成任務爲優先。沒問題吧？」

克勞德三人一邊以同情的眼神看著智骨，一邊用力點頭。要是搞砸這次任務，不只智骨，就連他們也會吃上一記黑穹的拳頭，這可是攸關性命的事，絕不能輕忽大意。

「再說，我們被人類帶來或許是件好事，否則也不會看到『那個』了。」

智骨轉頭看向高處的窗戶。

厚實的石砌牆壁上有個讓空氣流通的小形孔洞，透過孔洞，隱約可以見到遠方城牆的輪廓。

那是——復仇之劍要塞的城牆。

「竟然偷偷蓋了那樣的東西……要是把這個情報帶回去，肯定會大大加分吧。」

眾人聞言紛紛點頭。

「沒錯！一定會的！」

「因爲一直沒有動作，我還以爲人界軍想幹什麼，原來是在計畫這種事。」

「這麼短的時間就蓋到這種程度，雖然是敵人，還是不得不稱讚啡。」

他們也跟智骨一樣，將視線投向窗外。即使距離遙遠，還是能夠感受得到那道城牆的堅實。那種感覺就像他們當初面對正義之怒要塞一樣。

「解決掉這裡的事情後，我們就回去吧。運氣好的話，說不定可以得到久違的休假呢。」

智骨的提議獲得其他三人無條件的贊同，接著他們開始研究要是能得到休假，應該要做什麼才好。

💀💀💀

對於一個組織來說，差別待遇是必要的。

努力的人可以得到更多報酬，地位高的人可以得到更多特權，唯有這樣的制度，才能刺激人們積極工作，奮發向上。如果多勞不能多得，組織必然會喪失活力，最後不是被外力擊潰，就是從內部自行崩壞。

從復仇之劍第一防線的宿舍配置，就能看出人界軍相當理解差別待遇的重要性。士兵的宿舍是二十人一間的大帳篷，下級軍官擁有個人帳篷，至於高級軍官則是住用木頭蓋的房子。

除了高級軍官宿舍，指揮部與迎賓館等設施同樣是木造建築物。此時的克拉蒂正坐在迎賓館大廳裡，一臉不悅地與莫拉辯駁。

「爲什麼要把他們關進監獄？你把他們當成罪犯了嗎？」

克拉蒂口中的「他們」，指的自然是智骨等人。莫拉露出苦笑。

「不是這樣的，只是因爲沒有地方可以安置他們。」

「明明就有很多空房間啊！」

「根據規定，迎賓館只有軍人或貴族才能入住。」

「就不能通融一下嗎？」

「很遺憾，第一防線指揮官很不好說話，我跟他也沒什麼交情……」

「空的帳篷總有吧？」

「有的，可是這樣一來，就必須安排監視帳篷的士兵，但現在第一防線人手不足。最省事的辦法，就是請他們暫時住進監獄。」

克拉蒂忍不住嘖了一聲。

第一防線的指揮官是個名叫卡坦・熾刃的頑固矮人，與精靈一族毫無關係，因此對他們也就一副公事公辦的態度。如果是在復仇之劍要塞裡，克拉蒂就可以利用姊姊的權勢做些什麼了。

「好吧，等一下我會去跟他們解釋情況。」

「那個……探監的話需要提出申請，我覺得那個指揮官應該不會同意……」

「所以我才討厭矮人！腦子跟石頭沒兩樣！」

克拉蒂咬牙抱怨，只不過聲音壓得很低。這裡畢竟是卡坦・熾刃的地盤，要是被人聽到並傳了出去，那個混帳矮人恐怕又要刁難他們。

「不能真的把他們當犯人對待！至少、要給他們正常的餐點！」

監獄的伙食自然不可能好到哪裡去，不僅分量少，味道也很差，克拉蒂可不能讓自己的救命恩人吃那種東西。

「了解，我會努力——不，是一定會爭取到。」

看見克拉蒂那滿是憤慨的眼神，莫拉連忙改口。

等到莫拉再三保證一定會給予智骨等人正常的待遇後，克拉蒂才一臉不高興地放他離開。走出迎賓館後，莫拉用力揉了揉臉，恢復原來的嚴肅表情，接著走向指揮部。

第一防線指揮部是兩層樓的木造建築物，莫拉對門口的矮人士兵報上來意後，便被帶到了指揮官辦公室。

「什麼事？我很忙，有屁快放。」

莫拉才剛進門，房間的主人立刻用威嚇般的表情開口說道。

卡坦・熾刃跟莫拉之間沒有私怨，但精靈一族與矮人一族交情向來不好，何況卡坦不論是年齡或軍階都比莫拉來得高，根本沒有必要給對方好臉色。

莫拉沒有在意對方的粗俗用詞，彬彬有禮地說明來意。

「關於監獄裡面的那些人，我有一些想法想獻給閣下。」

「直到調查結束前都不能放他們出來，也沒有任何優待。」

彷彿已經預料到莫拉想說什麼一樣，卡坦用堅決的口氣說道。

卡坦沒有讀心的本領，也沒有偷聽迎賓館的談話，只是純粹憑著見識與經驗推測對方的目的。

「這樣很好。我正想勸閣下嚴格看守那些人，無論發生什麼事都不能鬆懈。」

「嗯？」

卡坦皺眉瞪著莫拉，搞不懂這位年輕精靈究竟想幹什麼。

卡坦記得很清楚，當他下令將那四人關進監獄的時候，另外一名女精靈可是激動到想要衝過來拔他鬍子，最後是在莫拉的勸說下才住手。卡坦看得出來，那名女精靈的地位比莫拉更高，而且相當在意那四個人類，所以才認為莫拉想勸自己放了他們。

「這點不用你提醒。」

「我只是擔心閣下一時心軟，或是因爲什麼誤會，不慎做出錯誤的判斷。」

卡坦忍不住挑了挑眉毛。他原本以爲莫拉在諷刺自己，但對方的表情極爲認眞，似乎眞的在爲自己著想。

這小子難道在策劃什麼陰謀嗎？那四個人類莫非大有來頭？對方打算趁這個機會讓自己倒楣，進而打擊矮人一族在聯合軍的勢力？卡坦瞬間想了很多。他能夠爬到現在這個位子，並非只是因爲具備軍事才能而已。

見卡坦沉默不語，莫拉繼續說道：

「請別誤會，我並非另有居心。只是因爲那四個人類太過可疑，所以才想提醒閣下一聲。請務必嚴格看守，別讓人把他們帶走了。」

「沒有我的允許，誰都別想把他們帶走！」

卡坦語氣嚴厲地說道，接著他皺起眉頭，聽出了對方話中的隱藏之意——或許會有人打算在未經卡坦同意的情況下，把他們給「帶走」。

「好了，老實說出你的目的吧，我沒時間跟你玩猜謎。那四個人類到底是什麼來頭？」

「我也不確定。只是……我懷疑他們可能是主和派的密探。」

「那群奸賊嗎！」

卡坦的聲音猛然上揚，同時露出憤怒的表情。

所謂主和派，就是厭倦了看不到盡頭的戰爭，希望藉由談判等方式重獲和平的一群人。他們認爲兩個世界要是再這樣繼續碰撞，人界的資源遲早會枯竭，進而引發巨大的社會動盪，一旦後方不穩，前線戰場自然也會崩潰，屆時魔界軍就能長驅直入。爲了避免這樣的情況，必須盡快中止戰爭。

主和派的主張並非沒有道理，但看在前線奮戰的軍人眼中，他們只是一群畏懼流血，爲了自己的小命不惜出賣人界的懦夫。

「原來如此……我就覺得奇怪，只有四個人就能擊退無頭騎士，這樣的戰力未免太誇張了，又不是高階傭兵……如果他們只是在作戲的話……」

「我也是這麼懷疑的。主和派可能已經成功與魔界軍接觸，並且合作了，而那四人就是負責傳遞消息的人員。」

「混帳！我會立刻拷問他們！保證讓他們把事情全部吐出來！」

卡坦猛力拍桌喊道，茂密的鬍鬚因爲激動而豎立。然而莫拉卻搖了搖頭。

「我建議閣下先不要這麼做。或許這裡也有主和派的奸細，如果今天閣下下令拷問那四人，恐怕還沒到明天他們就會暴斃了吧。先把他們當一般的囚犯對待比較好。」

「……呼㖃，以那四人爲誘餌，將奸細引出來嗎？」

「這只是我個人的一點建議，要怎麼做全看閣下。」

「……我會慎重考慮的。」

基於感謝的心情，卡坦對莫拉的態度變得稍微好了一點。

離開指揮部辦公室後，莫拉回到了迎賓館。克拉蒂不在客廳，看來是回去房間休息了，這讓莫拉不禁鬆了一口氣，他還有急事待辦，沒空應付那位二小姐。

莫拉一回到第一防線安排給自己的房間後，立刻鎖上房門，接著仔細檢查房間內部，搜索裡面是否設有竊聽的魔法術式或道具。雖然覺得不太可能，但小心總是沒錯。

花了大約半小時，確定房內一切正常後，莫拉從懷中取出一個巴掌大的鐵盒。鐵盒外觀十分普通，打開後，裡面裝著一顆藍寶石，以及一枝銀色小筆。

「幸好鏡子夠大……」

莫拉一邊低聲呢喃，一邊用銀筆在房間的鏡子上描繪魔法術式。鏡子雖然不是什麼珍貴物品，但在軍營裡也不是到處都有的東西，尤其是在第一防線這種前線區域，除了高級軍官宿舍與迎賓館，恐怕哪裡都看不到這種半身鏡吧。

熟練地畫好由複雜符文與線條構成的魔法陣後，莫拉將藍寶石置於魔法陣中央，並且注入魔力啓動。魔法陣很快發出光芒，藍寶石則像是沉入水中般，被鏡子吸了進去。

鏡面瞬間化爲混沌。數秒後，一道分不清是男是女的模糊聲音從混沌中傳了出來。

「是誰？」

「我是五十四。」

「什麼是五十四？」

「追求眞理的數字。」

「眞理又是什麼？」

「不會被時光抹去的永恆存在。」

「——暗號無誤，你是追求眞理的五十四。有什麼事？」

經過一段像是謎語般的對話後，混沌對面的聲音突然變得清晰，但依然無法辨識聲音主人的性別或年齡。

「有重要的消息要呈報，是關於『引火計畫』的事。」

「……那應該不是由你負責的工作。」

「因爲一些巧合，它跟我的任務扯上了關係。」

「……你的任務，應該是監視精靈的行動吧？」

「是的。」

莫拉的任務是將精靈一族在戰場前線的情報回傳組織。莫拉的軍階雖然不算高，但因爲負責照顧克拉蒂，她的姊姊克莉絲蒂便給了莫拉一些額外關照，令他有不少機會可以接觸超過自身軍階的軍事機密。

「有一個名叫克拉蒂．星葉的少女見到火種了，她的姊姊正是復仇之劍要塞的軍事委員——克莉絲蒂．星葉。」

混沌對面的聲音沉默了。

「……她是怎麼遇見火種的？」

「她接下傭兵的前線巡邏任務，然後巧合地碰上了。」

「星葉的千金小姐，跑去當傭兵？」

「她的興趣有些特殊。」

混沌對面傳來「嘖」的一聲，顯然對克拉蒂的行動不以爲然。

星葉是精靈一族的名門，在精靈之國．世界樹有著強大影響力。傭兵雖然並非低賤職業，但也不是什麼值得誇耀的身分，正常來說，應該無法跟號稱「貴族中的貴族」的星葉扯上關係才對。

「好消息是，知道『火種』之事的人全都不在復仇之劍要塞，而是在要塞外的第一防線。」

「——哦？」

混沌對面的聲音有些驚喜。

「很好，這樣還有補救的餘地。有多少人？」

「除了克拉蒂，還有四個人類，六個精靈。總共有十一個人要處理。」

在提到既是同族也是部下的六名精靈士兵時，莫拉的聲音與表情沒有出現任何動搖，彷彿他們與自己毫無關係。

「他們會在那裡待多久？」

「最多兩天。我沒辦法拖住他們太久。」

「兩天嗎……」

第一防線與復仇之劍要塞的距離並不遠，步行最多只要一天就能抵達。原本克拉蒂等人根本不須在第一防線停留，是因為莫拉以智骨等人得接受調查為由，才把他們拖在這裡。

第一防線是軍事重地，克拉蒂與他帶來的士兵必須待在迎賓館，無法自由行動，當然也不能隨便與其他士兵對話，因此關於「火種」的事也就沒有洩露之虞。挑唆卡坦．熾刃也是基於同樣理由，這麼一來，他就不會急著審問智骨等人。

「暗殺……光靠你一個人，應該做不到吧。」

「是的，手邊沒有適合的毒藥。」

如果在飲食中下毒，就能輕鬆解決問題，可惜莫拉不可能隨身攜帶那種東西，他明面上的身分是軍人，而非刺客，要是被人發現身上藏著毒藥，肯定會為自己惹來巨大的麻煩。

「知道了。我們這邊會準備對策，你的工作就是確保『火種』的事別讓更多人知道，沒問題吧？」

「沒問題。」

鏡面的混沌迅速消散，重新映出莫拉的臉。鏡裡的容貌雖然俊美，眉宇間卻籠罩著憂慮的烏雲。

莫拉很清楚「火種」一事有多重要。在他們那足以改變世界格局的計畫中，那是極爲關鍵的一環。

人造災獸——這就是火種的眞面目。

所謂災化，指的是因爲元素失衡而突變的現象。由於元素存在於森羅萬象之間，因此無論是生物或植物都會災化，甚至連礦物也有一定機率出現。

一旦生命體發生災化，就會變得格外凶暴，成爲只知道破壞與殺戮的危險存在。自從災化現象的原因被發現後，人界諸國便竭盡心力想解開它的原理，災化現象帶來的損失太過巨大，若是有哪個國家能夠解決這個問題，國力絕對會產生飛躍性的提升。

遺憾的是，就算投入鉅額的人力與經費，並且持續研究了數百年，人們還是沒有找出根絕災化現象的方法。

至少表面上是如此。

有某個組織，其研究成果比任何國家都超前一步。

那個組織有著悠久的歷史，手中掌握著不比任何國家遜色的資金與人才。他們隱藏於人界的陰暗處，其根鬚遍布諸國，影響力無所不在。

那正是莫拉隸屬的祕密結社——眞理庭園。

眞理庭園解開了一部分的災化現象之謎，人造災獸便是這個實驗的副產物。一旦此消息曝光，勢必會引發諸國的震撼，並且在人界歷史上留下不容抹滅的痕跡吧。

眞理庭園以數字作爲成員代號，數字越靠前，地位就越高。代號五十四的莫拉算是中層人員，因此才對被組織視爲重大戰略的「引火計畫」有所耳聞，人造災獸正是這個計畫的關鍵。在察覺克拉蒂有可能遇見人造災獸後，莫拉便動了殺心，無奈他只有一個人，正面對抗十一個人實屬不智，因此只能求助組織。

如果不求助，莫拉就能獨吞這份功勞，不僅在眞理庭園的排名會上升，也能透過組織的扶助，在表面世界獲得更高的位子。如今只能得到舉報之功，利益可謂大大縮水。

……不對，不能貪心。必須謹慎確實地往上爬，我還年輕，有得是時間。

莫拉見過太多因無法克制貪欲而跌落深谷的例子，他才一百五十歲，還不到精靈平均壽命的三分之一，只要像現在這樣慢慢累積功勳，必定能在三百歲之前獲得堪比高級貴族的地位。

沒錯！就是這樣，這樣就好，我跟人類那種因爲短命而短視的愚蠢種族不一樣，我一定能夠成爲貴族……這個工作絕對不能出錯，絕對！

就這樣，莫拉一邊描繪美麗的未來，一邊思考自己的行動是否有所疏漏。

💀💀💀

「這是什麼啊……」

看著眼前盆子裡的東西，克勞德發出了近乎呻吟般的聲音。

骷髏的木盆被隔成左右兩個凹洞，左邊的洞裝著又黑又硬的麵包，右邊的洞則是清水。

「昨晚好像也是吃這個啡。」

「一天兩頓，菜色不變……人界的監獄，伙食竟然差到這種地步……」

菲利與金風露出絕望的表情。

一般來說，監獄的飲食條件絕對不可能會好。其中既有懲罰的因素，也有剝奪犯人體力以便減輕守衛負擔的考量。

然而魔界的情況有些不同。

魔界的智性種族眾多，飲食習慣也大不相同，有的種族只吃流體食物，有的種族以金屬爲食糧，要是將這些傢伙關進監獄，並且給予相同食物，恐怕很快就會發生暴動。需要準備的食物種類實在太多，而且控制分量也很麻煩，所以魔界監獄採取的做法是乾脆讓囚犯吃飽，作爲代價，囚犯必須進行繁重的勞動。監獄的勞動工作有一部分能夠轉換成金錢，囚犯可以藉此購買更好的食物，也可以存下來當作出獄後的生活費。

「我的給你們吧。」

智骨將自己的那份推了出來。雖是出自好意，但反而引燃大家的怒火。

「混帳！你是在炫耀自己不用吃東西嗎？殺了你哦！」

「不死生物了不起啊？媽的！在這種情況下的確很了不起！」

「好餓啊！我想吃肉！我想喝酒！啡啡啡啡——！」

克勞德等人激動地大吼，幸好他們用的是魔界語，就算被人聽到了也不用擔心。雖然口中喊著要把智骨拆了熬湯，但因爲太過飢餓，他們的威脅聽起來有氣無力。

「冷靜一點，各位。人類應該很快就會來審問我們了。說不定這正是他們的策略，千萬不要中了他們的計。」

「……用飢餓瓦解我們的意志嗎？好卑鄙的點子！」

「等等，說不定是想用有限的食物讓我們內鬨，揭發彼此的隱私。」

「最後擺一頓豐盛大餐，再用假惺惺的口氣說『老實一點的話就可以吃了哦』之類的……可怕！太可怕了！」

對於人界軍這種只能用鬼畜來形容的計謀，眾人不禁瑟瑟發抖。

「他們恐怕沒想到會被我們看穿招數吧。各位，千萬不能露出破綻。事先做好的人物設定，絕對不要背錯。」

「啊啊，那當然。」

「你以爲我們是誰啊？」

「超獸軍團的頭腦派，說的就是我們啦。」

眾人發出遊刃有餘的嗤笑。那充滿自信的態度，令智骨打從心底感到不安。

軍團長副官這個職位屬於文職，重點在於智力而非臂力，然而超獸軍團不同，因爲軍團長的惡習，擔任軍團長副官的首要條件變成了耐打抗揍，聰慧與否反而排到了第二——甚至更後面的順序。

「……來練習一下吧。把我當成審問官，介紹一下你是什麼人。克勞德，你先來。」

「嗯？咳，那麼……我叫克勞德，今年二十五歲，出生於鄉下的農村。村子沒有名字，大家都直接用『我們村子』稱呼它。父親的名字是勞爾，母親的名字是瑪麗。」

智骨點了點頭。

無名小村不是什麼稀奇的東西，在與外界交流不頻繁的情況下，村民不會在意村子究竟有沒有名字。以上知識來自於圖書館的某本不知名書籍。

關於村子的設定是智骨想出來的。他們四人都出生於同一座無名小村，所以互相認識，整座村子只有二十一戶人家，以農耕與牧羊維生。以上是共通設定，後面的東西就看個人發揮，也是智骨最擔心的部分。

「我的興趣是寫詩。爲了磨練自己的文筆，我在十六歲那年離開村子，成爲一位修行者。我的目標是成爲最強的詩人，我要用詩來稱霸天下！」

克勞德的語氣充滿熱忱。雙眼綻放出有如孩童訴說夢想般的耀眼光芒，於是智骨低頭摀住了臉。這段自我介紹有太多問題了，但這才第一個人而已，智骨決定等到聽完所有人的設定，再把需要修正的地方一一指出來。

「輪到我了。嗯哼，我叫金風，今年二十歲，出生於鄉下的農村。村子沒有名字，大家都直接用『我們村子』稱呼它。父親的名字是勞爾，母親的名字是瑪麗。」

「爲什麼你們兩個的爸媽名字一樣啊！」

「是巧合。」

在面對質疑時，必須擺出堂堂正正的態度，這樣可以反過來令對方懷疑錯的是自己——智骨之前曾這麼提醒他們，金風很好地應用上了。

智骨忍住吐槽的衝動，繼續詢問：

「……你爲什麼要當修行者？」

「為了找老婆。村子裡沒有適合的結婚對象，不是太老就是太小，長得也沒我好看。我想跟很多很多女孩子交往，然後從裡面挑出最棒的一個當老婆！」

看著金風一副談論夢想的興奮表情，智骨忍住了痛罵對方是人渣的衝動。

「……那你呢？」

「我叫菲利，今年二十一歲，出生於鄉下的農村。村子沒有名字，大家都直接用『我們村子』稱呼它。父親的名字是勞爾，母親的名字是瑪麗。」

「你們村子究竟有幾個勞爾跟瑪麗啊！」

「因為是很常見的名字。」

菲利堂堂正正地說道，智骨決定暫時先不跟他談論邏輯方面的問題。

「……為什麼要當修行者？」

「為了健康。我身體虛弱，從小就一直生病。自從當上修行者後，身體情況改善很多，咳、咳咳。」

看著菲利那彷彿長期臥病在床的蒼白臉色與氣質，智骨很想說你絕對選錯了道路。

雖然骷髏不用呼吸，但他還是做出了深吸一口氣的動作，藉此撫平自己的情緒，否則他一定會掐著這些傢伙的脖子，怒喊「你們腦子裡究竟裝了什麼？」吧。

「……原來如此，看得出來，各位很認真地思考了自己的人物設定。我能感受到你們的努力。你們幹得很好。」

克勞德等人露出半是驕傲半是靦腆的笑容，顯然對於自己的思考成果很是得意。

「不過有一些地方需要進行修正，例如說克勞德的──」

就在智骨準備指出問題時，外面突然響起一陣異常急促的鐘聲，打斷了他接下來要說的話。

眾人望向高處的換氣孔，鐘聲就是從那裡傳進來的。

「怎麼回事？」金風說道。

「要不要看看？」克勞德說道。

「怎麼看？太高了。」菲利說道。

「疊起來就看得到了。」智骨說道。

智骨的提議很快通過，塊頭最大的克勞德在下面，接著是金風與菲利，最後是體重最輕的智骨。

如果要觀察遠處，其實智骨不應該站在最上面。像殭屍或骷髏之類的不死生物由於沒有感覺器官，必須透過位於靈魂內部的感知魔法陣才能捕捉外界資訊，這也是殭屍與骷髏反應遲鈍的原因之一。

感知魔法陣的有效距離與不死生物的實力成正比，智骨的感知距離最多三百公尺，就算是小孩子也能比他看得遠。然而智骨並非普通骷髏，當初巫妖女王夏蘭朵在製造智骨時，順便附上了一些開發中的實驗技術，其中便包括了賦予五感，因此智骨除了靈魂感知，也能像正常人一樣用眼睛觀察外界。

透過狹小的換氣孔，智骨看見許多人匆忙地奔跑著，而且不斷地大喊大叫。因爲聲音太過混亂與吵雜，他聽了很久，才勉強聽懂外面究竟發生了什麼事。

魔界軍打過來了。

卡坦．熾刃臉色陰沉地坐在椅子上，此時的他已換上鎧甲，腳邊擺著慣用的雙刃斧。

除了卡坦，房裡尚有數人，他們同樣全副武裝，一臉嚴肅地保持沉默。這些人全是第一防線的高階軍官，主要以矮人、人類與侏儒爲主。軍事委員會的派系鬥爭也影響了兵力分配，如果是第二防線，駐守軍隊便換成了精靈、獸人與侏儒。

十五分鐘前，緊急鐘聲響徹第一防線的天空。高階軍官們立刻至指揮部集合，想知道究竟發生了什麼事。面對部下的詢問，卡坦給不出任何答案，因爲連他自己都還搞不清楚狀況。

「營區遭到攻擊！」

「正面防線沒有敵人！」

「襲擊者是從沒見過的怪物，數量龐大！」

「第十八隊、第二十七隊、第四十一隊全滅！第三十二隊請求撤退！」

「第四區也有敵人！要求增援！」

「怪物只有一種，已確定的數量超過三十！不，是四十！」

指揮部必須掌握全盤事態，才能做出正確的決策，有效地調動與組織兵力，減少己方損傷。然而陸續傳來的消息不僅片斷零碎，而且還有許多部分不合邏輯，令指揮部陷入了困惑的泥沼。

防線正面沒有被攻擊，那敵人是怎麼攻入營區的？難不成是瞬間移動？

敵人究竟是魔界軍還是災獸？數量到底有多少？又有何目的？

光靠己方兵力能夠殲滅敵人嗎？還是須向後方求援？

問題接二連三地出現，要是不把這些事弄清楚，很可能會中了敵人的算計，屆時就算沒有戰死，事後的責任追究也足以讓他們身敗名裂，甚至被送上斷頭台。

「敵人是魔界軍！他們正在攻擊武器庫與糧倉！目的是破壞我們的補給！」

「白痴！敵人也在破壞公共廁所，難道他們的目的是憋死我們？」

「敵人戰力不低，而且數量不明，還是向第二防線求援比較保險！」

「你想被那些長耳種跟長毛種嘲笑嗎？傳個信就好，不用求援啦！」

「集合所有部隊！我保證一定可以圍殲敵人！」

「不對！那是魔界軍的計策！等我們抽走兵力，他們就會衝擊正面防線了！」

幕僚們的爭執令卡坦感到頭痛不已，這種時候正需要他拿出身為指揮官的魄力與擔當，好決定接下來的方針。

卡坦並非那種只求明哲保身的官僚型人物，正是因爲了解卡坦的勇猛與才幹，軍事委員會才敢把第一防線這種前線中的前線託付給他。然而卡坦這時卻一反常態地遲疑不決，令一些機靈的幕僚察覺到事情似乎不太單純。

卡坦的遲疑，來自於此時正關押在監獄裡的那群人。

昨天莫拉的一番話已成功引起他的疑心。卡坦懷疑那些不明怪物之所以襲擊軍營，目的就是爲了解救那些可疑分子。

這樣一來就能解釋爲什麼正面防線沒有異狀，因爲敵人來自後方！這其實是主和派搞的鬼！可是……

襲擊者是災獸還是魔界軍？如果是前者，主和派爲什麼能夠驅使如此大量的災獸？如果是後者，魔界軍究竟是用什麼方法潛入第一防線的？爲了解救那些人而做到這種地步，莫非主和派跟魔界軍訂定了什麼密約？主和派的勢力到底有多大？眼前這些幕僚眞的可信嗎？

越是思考，卡坦的臉色越是陰沉。幕僚們的目光仍聚焦於「不明怪物襲擊第一防線」這件事上，但卡坦已看到了更高更遠。要是應對不好，就算他把那些不明怪物殲滅了，恐怕也難逃一死。他寧願死在戰場上，也不想讓後心被背叛者捅一刀。

「大人，有一位名叫莫拉．霧風的精靈說想要見你。」

就在這時，一名士兵走進房間，低聲在卡坦耳邊說道。幕僚們以爲士兵帶來了什麼重要的消息，於是立刻停止爭執。

「讓他進來——不，我出去吧，剛好想拉尿。喂！你們繼續討論，等我回來，要聽到一個可靠的意見！」

卡坦中途改口，這是爲了提防有可能混在幕僚之間的主和派奸細，要是把人全部趕出辦公室，那也未免太不自然了。用上廁所爲藉口，就不會顯得那麼突兀，這是只有作風粗獷的矮人指揮官才能使用的招式。

正如卡坦所料，幕僚們完全沒有懷疑，繼續埋頭爭執。卡坦一走出房間，便看見被士兵擋在通道外的莫拉。卡坦喊了一句「讓他過來」，士兵便立刻放行，莫拉快步走向卡坦。

「我現在要上廁所。不管你有什麼事，都要在我尿完之前說完。」

卡坦的聲音有些大，這是故意說給其他人聽的。莫拉馬上理解對方的意思，他緊跟在卡坦後方，等到走進無人的通道後，才壓低聲音開口。

「閣下，這次的襲擊實在太湊巧了。」

「……你也這麼覺得嗎。」

「現在正在進攻的，恐怕是魔界軍吧。」

「不是災獸嗎？」

「災獸……？您爲什麼會這麼想？」

「從後方出現的敵人，而且數量這麼多，比起魔界軍，驅使災獸的可能性更大。」

災獸是無法馴服的凶暴生物，但如果只是想要誘導牠們，還是有一些方法可以做到，像是使用可以吸引災獸的特殊藥劑之類的。

莫拉沉吟數秒，然後搖了搖頭。

「恕我提出不同的意見，閣下。這裡是前線，凡是稍有威脅的災獸，全都被我軍掃除了，不可能還有如此大規模的災獸族群可供驅使。襲擊者應該是魔界軍，而且恐怕是至今從未見過的新兵種。」

「唔……」

卡坦一邊思考一邊撫摸鬍鬚。莫拉說的有道理，災獸這種危險因素，早在建立防線時就派出軍隊事先排除了，魔界軍那邊姑且不論，至少在人界軍這邊，不可能存在數量足以形成族群的災獸。

「你特地跑過來，只是想說這個嗎？」

卡坦突然轉而詢問莫拉的來意。

「不，我是來請求參戰的。既然魔界軍打過來了，雖然力量微薄，我與我的部下也想盡一份力。」

這裡是軍營，外來者手持武器行動需要獲得許可，沒辦法像爐邊故事裡的英雄那樣任意挺身而出。如果莫拉在沒有獲得許可的情況下跑出去跟怪物作戰，事後不但無法獲得褒獎，甚至還可能被懲處，軍隊就是這樣僵固的地方。

「不行。我的部隊有自己一套作戰方式，你們要是貿然插手，反而會妨礙到他們。」

卡坦斷然拒絕。

「可是——」

「有更重要的事要拜託你去做，那就是把監獄裡那些人處理掉。」

莫拉發出「咦」的聲音，卡坦的請求顯然完全出乎他的意料。

「……他們不是重要的證人嗎？對方既然做到這種地步，不正代表他們手中握有珍貴的情報嗎？」

「哼，就是因爲這樣，所以才不能讓他們活下來。魔界軍的目的，肯定是想趁亂救出那些人，順便儘可能地破壞吧。我必須做最壞的打算。」

莫拉思考數秒，總算弄清楚卡坦的想法。

站在第一防線指揮官的立場，爲了提防隨時可能出現的魔界軍，正在防線上值勤的部隊是絕對不能抽走的，因此卡坦只能調動非值勤時間的士兵。

若是列陣而戰，這樣的兵力或許夠用，然而這次敵人已侵入內部，想要列好軍陣，必須花費大量時間，而且敵人肯定會妨礙卡坦，於是卡坦必須派遣士兵糾纏敵人——說難聽點，就是送死——好爭取列陣的時間。

在這種情況下，如果還抽調士兵防守監獄，只會更進一步削減原本就已經不太夠用的兵力，甚至導致慘敗吧。與其如此，還不如乾脆直接解決那幾個囚犯，讓魔界軍的目標之一落空。

想通了其中關節，莫拉不禁暗感佩服。眼前的矮人的確擁有優秀的軍事才能與魄力，才能做出這樣的決斷。

「……爲什麼是我？閣下應該有得是人手做這件事。」

「因爲你値得信任，我不知道身邊的人被主和派滲透到什麼地步了。」

「原來如此。」

莫拉點了點頭，同時露出冷笑。

信任？是擔心萬一祕密處決的消息走漏，會給自己帶來麻煩吧……不過，正合我意。

如果那些囚犯眞的是身負重要情報的主和派使者，卡坦的做法絕對會引來主和派的報復。嘴上說著信任，目的其實是想把責任扔給別人。果然能夠坐到這個位子的傢伙，在權謀算計方面的造詣都不會太低，哪怕是天生性格豪放的矮人也一樣，莫拉心想。

「我知道了，我絕對不會辜負閣下的信任！」

「啊啊，拜託你了。爲了人界的未來。」

莫拉狀似感動地回答，卡坦也用誠懇的語氣加以勉勵。

此時的他們還不知道，這個決定會給自己的未來帶來什麼樣的影響。

「我知道了，走吧！」

聽完莫拉的說明，克拉蒂二話不說便準備動身。

離開指揮部後，莫拉立刻直奔迎賓館，對克拉蒂提出卡坦想要借用他們力量一事。當然，祕密處決囚犯之類的話語是絕不可能說出口的，莫拉為此編造了另一個理由。

「不過，矮人果然都是一群不知變通的傢伙。魔界軍都已經打過來了，還在那邊堅持要自己解決。」

「所以說矮人實在不適合當指揮官。若不是隊長堅持，他恐怕還不肯請人幫忙哩。」

「求助者與被助者的立場好像反過來了啊，都不知道誰才是麻煩纏身的一方了……喂，等等，這該不會是他的計策吧？這樣一來他就不欠我們人情了，因為是隊長主動要求幫忙的。」

「搞不好哦。矮人雖然腦袋硬得跟石頭一樣，但石頭的顏色也有黑白之分。那傢伙應該是屬於黑到發亮的那種。」

莫拉帶來的六名精靈部下一邊閒扯，一邊換上裝備。

「數量不明的魔界軍奇襲了第一防線。爲了預防意外，第一防線指揮官打算先將一部分重要文件與物資轉移到最堅固的建築物，也就是監獄裡。因爲目前第一防線人手不足，所以想讓我們協防。」

以上，便是莫拉編造的藉口。

這番說辭乍聽之下似乎荒謬，但細想之後其實頗合情理。畢竟莫拉等人從未與第一防線駐軍進行演習或訓練過，貿然加入戰場，反而會影響雙方的戰鬥步調。如此一來，將防守的工作交給莫拉他們便成爲最佳選擇。

不僅如此，莫拉還跟卡坦要了一張命令書，證明他們是奉命去監獄進行「特殊任務」。卡坦很乾脆地同意了，畢竟「特殊任務」這個名詞太過空泛，事後可以轉圜的餘地很多，就算有這張命令書也無法證明什麼。

眾人很快做好準備，全速前往監獄。然而克拉蒂卻在途中停下腳步，臉色蒼白地看著正在軍營裡到處肆虐的怪物。

「就是那個！我之前說過的災獸！就是牠們——！」

克拉蒂指著怪物大喊，眾人大爲訝異。

外突的獠牙、堅硬的鬃毛、有如野豬又像老虎的外表，種種特點的確很像克拉蒂曾提過的未知災獸。

此時這頭災獸已被數十名士兵包圍，然而士兵們的弓箭與魔法攻擊卻收效甚微，反觀災獸那邊，每一次的攻擊都能確實地製造傷亡。

「好高的魔法抗性……！」

「那個毛皮是怎麼回事？連鐵箭也射不穿！難道要用魔法箭？」

見到災獸的力量，精靈士兵的臉孔也同樣變色。

所謂鐵箭，指的是裝有鐵質箭鏃的箭矢，而非整支箭都用鐵打造，至於魔法箭自然就是附加了魔法的箭鏃。魔法箭造價極爲昂貴，在軍中一般只有最精銳的弓箭手才被允許使用。

才剛說完，便有一道拖曳著白光的流星劃破大氣，在災獸的後腦炸開。

爆炸的衝擊波吹飛了士兵，同時掀起大量塵土。

「贏了！」

一名精靈士兵忍不住握拳低喊。

剛才的攻擊正是魔法箭，想必來自於某個埋伏高處的神射手吧。從爆炸威力來看，箭上附加的魔法起碼有五級，而且還是直擊頭部，再怎麼強壯的災獸都不可能沒事。

下一秒，這名精靈士兵的表情便由興奮化爲驚愕。

一道巨大影子從飛揚的塵土中衝出，將一名人類士兵攔腰咬爲兩截。

影子的眞面目是災獸。

災獸的後腦有個深可見骨的傷口，爆炸箭確實對牠造成了傷害，但沒有想像中來得大。因爲疼痛與憤怒，災獸變得更加凶暴，轉眼便有數名士兵慘死於牠的爪牙之下。

精靈士兵們紛紛拔劍，莫拉見狀立刻阻止他們。

「住手！不要隨便插手別人的戰鬥！」

「可是——」

「熾刃將軍已經擬定好對策，我們貿然出手只會妨礙他而已。別忘了，我們也有我們的任務。二小姐，妳也是一樣！請別衝動！」

眾人猶豫了一會兒，最後還是聽從莫拉的命令，轉頭繼續往監獄方向奔跑。克拉蒂臨走前往災獸那方看了一眼，正好見到一名士兵被災獸獠牙刺穿身體的殘酷景象，那幅畫面與記憶中同伴的死亡模樣重疊，令她忍不住咬牙。

不是災獸……而是魔界軍……真的嗎？

突然間，一道疑問掠過心頭。

莫拉說這些災獸是魔界軍，但對方的行動似乎太過混亂。

克拉蒂雖然沒有上過戰場，但也聽說過魔界軍的種種情報。魔界軍應該是一群擁有高度智能的非人者，會聽從上級指示，也懂得互相配合，個體戰力強大，還會使用武器與道具，非常符合一般人對於「軍隊」這個名詞的印象。

那麼，眼前這頭如豬似虎的怪物又是如何？

明明有很多同伴卻獨自戰鬥，沒有任何裝備，動作充滿了野性的味道，一點也不像受過系統化訓練的樣子。

絕對是災獸……不是魔界軍！

克拉蒂如此篤定。

不同於初次遇見災獸的第一防線眾將士，克拉蒂已是第二次見到牠們了，因此能夠更加冷靜地審視情況，察覺其中的不對勁。克拉蒂決定等事情結束後，就把這個發現說出來。

這時，眾人終於抵達監獄。

監獄外沒有士兵看守，也沒有受到災獸的攻擊，彷彿被世界遺忘一般聳立在那。

莫拉安排眾人的防守位置。由於連同克拉蒂在內只有八個人，所以只能進行簡單的布置，正門五人，左右與後方各一人，僅此而已。幸好監獄不大，就算只有這點人手，也足以掌握整座建築物的狀態。克拉蒂的防守位置是大門，與她在一起的還有莫拉和三名精靈士兵。

等到眾人就位後，莫拉便從口袋取出一根僅有手指大小的木棒，並用魔法將其點燃。木棒一經點燃，立刻製造出大量的紅色煙霧。

「這是信號。通知熾刃將軍我們已經就位了。」

莫拉一邊舉著木棒一邊解釋。

發煙棒是很常見的傳信方式，不僅軍隊，民間也經常使用。因爲價格便宜，大部分的冒險者或旅人都會隨身攜帶數根，好在遇難時示警或求救。

「報告！有一隻朝這裡衝過來了！」

守在監獄左側的精靈士兵突然大喊。

「嘖——！全體、做好戰鬥準備！」

莫拉用力咂舌，然後大聲下令。所有人立刻聚集在一起，莫拉則跳到了監獄的屋頂上，以便指揮全局。

「不用怕，我們有援軍！熾刃將軍的人很快就會過來，只要堅持幾分鐘就夠了！」

莫拉的話語有效地撫平了眾人的不安。己方這點人手絕對打不過那頭怪物，但只是拖延時間應該不成問題吧？包括克拉蒂在內，大家心裡都有著類似的想法。

除了一個人以外。

站在高處的莫拉俯視眾人，露出冰冷的微笑。

第一防線西側約八百公尺遠的森林裡，有一名人類男子正站在樹木頂端。

男子看起來大約四十來歲，相貌平凡無奇，灰髮灰眸，身穿樸素的黑色束身長袍，臉上戴著厚重的黑色眼鏡。乍看之下似乎只是個普通人，但會在這個時間與地點出現的人物，無論如何都不可能普通。

如果有魔法師在此，就能感受到男子的長袍、靴子與眼鏡都散發出魔力波動，若是精通相關知識，便能認出這三樣東西的眞面目。

黑色眼鏡名爲「鷹之目」，功能便如同它的名字，能夠觀察遠方事物。黑色束身長袍名爲「吞絲之甲」，雖是布質衣物，防禦力卻堪比鐵甲，並且具備優秀的魔法抗性，因此受到眾多魔法師的推崇。靴子名爲「輕羽之靴」，能夠大幅減輕穿戴者的重量，令行動更加迅速。

男子的名字叫席德．沙納，在人類之中算是小有名氣的魔法師。沙納是神聖黎明國立魔法學院的教授，也是好幾位大貴族的私人家教，除此之外他還有另外一個身分，那就是眞理庭園的第三十九席。

「……眞是難看。」

瞭望著遠方的戰況，沙納不禁低聲呢喃。

透過眼鏡，可以見到第一防線彷彿被割裂爲兩部分。前半部巍然不動，後半部則陷入極度的混亂。

「都到現在了還沒辦法重新組織部隊，素質實在太差了。明明身處最前線，卻連這種事都辦不到，這支軍隊從上到下都是一群蠢貨。」

唯一值得稱讚的，大概只有指揮官沒把正面防線的部隊調回去鎮壓混亂，以致防線守備空虛這件事了。但那本來就不是沙納的目標，因此無法獲得太高的分數。

能夠被送來前線，代表這些士兵都是人界最強的精銳，如今卻露出這般醜態，人界軍眞的已經腐朽到這種地步了嗎？沙納心想。

「……不，也可能是火種太強了。」

說完後，他忍不住露出微笑。

火種——此乃眞理庭園賦予人造災獸的代號，隱含著以人造災獸引燃火焰，照亮通往眞理之途的暗喻。

讓人造災獸僞裝成魔界軍襲擊人界軍，挑動兩邊的戰爭，這就是本次行動的目的——至少沙納是這麼理解的。

眞理庭園並非什麼邪惡或革命組織，它沒有統治世界的野心，也沒有顚覆世界的欲望。就如同它的名字一樣，這個祕密結社所追求的只有眞理。之所以做出這種有如恐怖分子般的行動，純粹是因爲這樣做有利於探索眞理，僅此而已。

沙納在眞理庭園的地位還不夠高，無法得知挑動戰爭的目的，但憑著聰穎的頭腦，他大概猜出了一些上面的想法。

想要以人工方式製造災獸，需要元素濃厚且混亂的特殊環境。人界雖然也有這樣的地方，但極其稀少，而且早已被某些大勢力瓜分，眞理庭園難以插手。

唯獨一個地方不屬於任何勢力，那就是「門」。

由於次元縫隙的影響，「門」附近的元素流動非常不穩定，而且濃度極高。「門」可說是進行某些特殊魔法實驗的絕佳場所，換成平時，那些大型魔法組織絕對會爲了奪取此地的所有權而爭吵不休，甚至大打出手。然而由於魔界軍的存在，它們不得不打消這個念頭，若是因爲魔法實驗導致前線失守，這個責任誰也承擔不起。

然而眞理庭園不同，隱藏於檯面之下，它的行動完全無須顧忌外界目光。因此早在第一次兩界大戰結束後，眞理庭園便悄悄在「門」的附近紮根，盡情進行各種實驗，人造災獸正是這些實驗的產物之一。

遺憾的是，兩界大戰再次爆發，魔界軍還奪走了正義之怒要塞。幸好眞理庭園的實驗室並非建在正義之怒要塞裡面，而是外部地下深處，損失還算輕微。只是這樣一來，眞理庭園也不能任意進行研究了，就算他們再有能耐，也無法在兩支大軍的眼皮底下隨意行動。

眞理庭園在「門」這邊的實驗室投入了大量資源，而且還有許多進行中的研究計畫，所以他們希望人界軍能夠盡快擊退魔界軍，而不是像現在這樣對峙著。

爲了改變局面，引火計畫於是誕生。

以人造災獸爲火種，重新引燃戰爭之炎，這便是引火計畫的目的。

人造災獸的襲擊，絕對會令諸國提高警惕，認爲魔界軍有了繼續進攻人界的跡象，只要眞理庭園暗中推動，戰爭的號角必然會再次吹響。在那之後，眞理庭園會暗中幫助人界軍奪回正義之怒要塞，達到雙贏的局面。

「雖然過程會流不少血，但最終結果有益於人界，大義是站在我們這邊的啊……」沙納注視著遠方的騷亂，一邊呢喃著自我陶醉般的話語。

就在這時，他發現第一防線內出現一道紅色煙柱。

乍看之下與一般的傳訊煙霧沒有不同，但透過「鷹之目」的魔法鏡片，可以看見煙霧閃爍著點點銀光。這是眞理庭園特製的傳訊煙霧，很多勢力都會做同樣的事，辨識的方法也各不相同。

「那裡嗎？總算來了。」

除了襲擊第一防線，沙納還收到了解決一些人的命令。那道煙柱正是來自於內應，通知他格殺對象就在那邊。

沙納凝目遠望，煙柱來自於一棟石造建築物。外面站著幾個人，數目不對，剩下的大概在建築物裡吧。

基於對人造災獸的信心，沙納認爲派出一隻就綽綽有餘了。

「那麼……」

沙納閉目輕聲吟唱，數秒之後，一個立體魔法陣以沙納爲中心向四方展開。魔法陣內閃爍著數十個光點，沙納伸出食指，移動了其中一個。

於是——人造的災厄襲向監獄。

與怪物的戰鬥，是以數道耀眼的光矢揭開序幕。

光矢在擊中怪物的瞬間便炸裂開來，同時引發激烈的暴風與強光。怪物的突進被迫停止，並且在原地瘋狂地揮舞爪子與咆哮，因爲眼睛受到強光的刺激，怪物暫時失去了視力。

「穹光之箭」之所以會是精靈一族最常用的魔法，就是因爲它除了攻擊力不俗，還能令敵人因強光而致盲。雖然只能奪走短短數秒的視力，但在瞬息萬變的戰場上，這樣的時間足以分出生死。

就在怪物終於恢復視力的同時，第二波光矢跟著襲來，同時還挾帶著風刃與火球。由於優異的魔法抗性，怪物沒有受到多大的傷害，但又一次因強光而失明了。

「很好！就是這樣！」

「等一下換迪雅克使用穹光之箭，然後是我！」

「注意不要靠牠太近，保持距離！」

精靈士兵們一邊互相提醒，一邊準備魔法。他們的行動並非來自於莫拉的指揮，而是訓練與經驗。

在精靈的軍事戰術指導書裡，有許多以魔法延緩敵人行動的方法，這只是其中一種名爲「炫光」的戰術。見到強光對怪物有效後，士兵們完全不須別人提醒，立刻自發性地執行了炫光戰術，並且決定了輪流施放光矢的順序。

第三波的光矢炸裂。

精靈士兵們始終與怪物保持著距離，以魔法進行攻擊。他們巧妙地錯開吟唱咒文的空檔時間，實現了零時差的魔法波狀攻擊。精靈生來就具備魔法天賦，在場有多少精靈，就等於存在著多少位魔法師，因此才能完成如此華麗的攻勢。

第一防線部隊雖然配置了大量魔法師，但絕對沒辦法做到這種程度，最大的原因便是默契。

第一防線的魔法師們不像精靈士兵一樣受過相關訓練，必須有人指揮才能互相配合，然而第一防線部隊又有多少人懂得炫光戰術？

炫光戰術的原理雖然簡單，但也不是見過一次就能輕易模仿的東西。如何在強光炸開的瞬間閉上雙眼，以免傷到自己眼睛？自己施法與他人施法時的光芒炸裂時間不一定相同，這又要如何掌握？如果不懂得這些細節，使用炫光戰術只會引起反噬。

精靈士兵的戰術很成功，但莫拉並不緊張。如果這樣就能打倒人造災獸，那麼真理庭園也不會把牠當成能夠重新引燃戰火的火種了，他心想。

彷彿回應了莫拉的想法，就在第四波光矢發射時，戰況出現變化。當灼目的豪光炸裂開來的瞬間，響起了空氣撕裂的聲音。光芒褪去，露出了淒慘的景象。

精靈士兵們全都倒地不起，他們被又尖又長的硬物貫穿身體，有人甚至當場死亡。

「……獸毛？」

看著刺穿自己大腿的尖銳硬物，克拉蒂馬上察覺到它的眞面目，並且判斷出己方究竟遭遇了何種攻擊。

簡單地說，就是怪物射出了自己的毛髮。

克拉蒂曾與一種名叫剛鬼刺蝟的災獸戰鬥過，那種災獸能夠將自身毛皮化爲鋼針，並且發射出去，相當難纏，沒想到眼前的怪物竟然也能做到這種事。

精靈士兵們利用強光對付怪物，結果卻因爲強光而失去躲避毛刺攻擊的機會，以致局面徹底扭轉，這不得不說是一種諷刺。

怪物的視力逐漸恢復，踏著滿溢著殺氣的步伐慢慢靠近。從怪物的眼神中，克拉蒂感受到強烈的憤怒，被實力不如自己的敵人如此愚弄，想必心情一定很不好吧？克拉蒂心想。

對不起，姊姊……

克拉蒂閉上雙眼，對著不在這裡的姊姊道歉。如果自己乖乖待在要塞裡，也不會遇到這種事了。

轟隆！

就在克拉蒂陷入悔恨之際，後方突然傳來一聲巨響。

這道突如其來的巨響令災獸不禁停下了腳步，抬頭察看究竟發生了什麼事。克拉蒂與其他人也同樣訝異地望向聲音來源，然後發現監獄牆壁不知爲何竟然崩塌了。

在眾人的注視下，四道人影從牆壁後方現身。

04.
戰鬥的理由

在此稍微將時間倒退到五分鐘之前。

智骨等人在牢房裡圍成一圈，坐在地上陷入苦思。

「……我說智骨，你沒聽錯吧？」

克勞德聲音低沉地問道，智骨毫不猶豫地回答了。

「我沒聽錯。」

「魔界軍打過來了——你確定外面那些人類是這麼說的？」

「正是如此。」

「呼姆……」

克勞德雙手抱胸，雙眉間擠出了深刻的皺紋。菲利與金風也做出同樣動作，智骨則是閉目思索。四人之間籠罩著一股嚴肅的氛圍。

他們在煩惱接下來應該怎麼做。

「……照理說，我們應該出去幫忙。」

或許是覺得再這樣沉默下去也不是辦法，智骨率先開口。

克勞德三人聞言點了點頭，隨即搖搖頭，然後又點了點頭。

如果魔界軍眞的打過來了，他們確實可以出手幫忙，但那並非絕對。畢竟此時的他們身負特殊任務，幫忙戰鬥只是基於同袍情誼，而不是責任，就算逃避戰鬥也不會有人指責他們。

除非——攻打此地的是超獸軍團。

要是軍團長黑穹知道他們明明就在這裡，卻只是躲在一旁看戲，鐵定會直接賞他們一人一巴掌，哪怕他們身負特殊任務也一樣。一想到黑穹巴掌的威力，四人不禁瑟瑟發抖。爲了小命著想，他們無論如何都必須露面。

「……可是，如果來的不是超獸軍團，我們就慘了。」

智骨說完，其餘三人立刻用力點頭。

正義之怒要塞目前駐紮著四支魔界軍團，分別是超獸、不死、魔道、狂偶。

四支軍團的種族、特性與風格皆不相同，因此經常發生摩擦。雖然值勤時間嚴禁私下鬥毆，但一到休假日，士兵就會把要塞街道當成武鬥場，與看不順眼的傢伙大打出手。理應負責維持秩序的憲兵不僅會裝作沒看到，有時還會自己跳下場。假日的正義之怒要塞街道，比戰場更加危險。

在這種情況下，要是智骨等人現身了，會發生什麼事？首先魔界軍一定會把他們當成逃兵，甚至就地格殺吧。就算他們高喊自己身負特殊任務，請求向指揮官當面解釋，那些士兵也會先狠狠揍他們一頓再說。由於超獸軍團的特色就是耐打，所以對方下手肯定特別重，就算把智骨等人打到瀕死狀態也不是不可能的事。

不管露不露面都有身受重傷的風險，他們究竟該怎麼辦才好呢？四人苦惱地思考對策。

「……我的直覺告訴我，露面比較安全。」

克勞德用力吐了一口氣，然後緩緩說道。

「機率是四分之一，外面很可能是其他軍團，還是不露面比較好吧啡？」

菲利從數學角度提出反駁。身爲賭博愛好者，比起直覺，他更相信機率。

「不，這很難說。我們軍團經常負責強攻型任務，而且也不能排除黑穹大人因爲太過無聊，主動申請出戰的可能性。」

金風則是根據過去的戰例進行分析，這番說辭同樣頗具說服力。

「但是最終決定權在雷歐殿下手上。雷歐殿下是個慎重的魔族，不一定會派我們軍團出戰。你們也知道黑穹大人的習慣，明明只是試探，最後卻莫名其妙地變成總攻。」

智骨的反駁令金風啞口無言，另外兩人也露出一副深有同感的表情。

「可惡，感覺怎麼做都很危險啊……」

「要是聯合進攻就好了。超獸跟其他軍團都在場，露面就是唯一的安全選項。」

「哪有那麼好的事！」

「我說真的，還是躲起來算了。四分之三的勝率，夠高了啡！」

「不不不，就說不是機率的問題了。思考要更柔軟一點。」

「要不要舉手表決？」

「這種責任我可不想擔。還是抽籤吧，把一切交給魔神啡！」

「誰來抽？」

「好，那就先來一次決定抽籤者的抽籤！」

先前的沉默就像假的一樣，眾人積極發言，然而提出來的意見明顯缺乏建設性。

「……我說，你們是不是忘了什麼。」

這時智骨開口了。其他人立刻安靜下來。

「我們現在可是人類喲。」

智骨的這句話讓眾人瞪大眼睛。很快地，他們眼中的情緒便由驚訝轉化爲驚喜。

「對、對喲！沒錯！我們現在是人類！」

「只要不拿掉人化首飾，我們看起來就跟人類沒兩樣，誰也認不出我們！」

「哎呀，幸好這個沒被沒收。不愧是天才，我們竟然沒發現這件事！」

智骨等人被關進牢裡時，武器與行李全都遭到沒收，唯獨人化首飾沒被拿走。或許是因爲外形太過樸素，怎麼看也不像是魔法道具的關係吧。話說回來，如果當時人化首飾被沒收，他們就會露出眞面目，展開一場大逃亡了。

「出去之後，立刻確認外面是哪支軍團。如果是超獸軍團就直接參戰，如果不是，就找地方躲起來。」

「躲去哪裡？這裡？」

「你白痴啊，當然是直接回要塞啡！」

眾人很快便擬好接下來的行動方針，接著克勞德從地上站了起來，雙手抓住牢房的鐵柵欄。

「喝啊！」

克勞德的雙手分別朝著左右用力一拉，鐵柵欄立刻被拉出一個大洞。

智骨早就透過感知能力察覺到他們的裝備被放在隔壁房間。行李理所當然地被搜過，或許是沒發現什麼特別的東西，才會隨便棄置吧。

「智骨，百魔之眼呢？不會被拿走了吧？」

面對金風的詢問，智骨只是指了指自己的肚子。當初要被搜身時，他就找機會把百魔之眼吞下去了，因爲本體是骷髏，所以完全不用擔心會出什麼問題。

「麻煩一下。」

智骨邊說邊伸出左手，手腕上面套著一個黑色金屬手鐲。那是元素隔絕環，一種專門用來囚禁魔法師的魔法道具，只要戴上它，魔法師就無法感應外界元素，一身本領自然無從施展。

金風拔出長劍，俐落地斬斷了手環，而且完全沒有傷及手腕。

解開束縛後，智骨撿起了法杖。

「那麼，開始吧。」

從坍塌牆壁後方出現的四道人影，正是智骨等人。

所有人——包括人造災獸在內——都被他們的突然登場給嚇到，大家全都一臉驚訝地注視他們，使得戰場上出現了瞬間的寂靜。

然而這份寂靜很快就被打破。

「那裡！」

智骨突然舉手指向某個方向，克勞德三人立刻衝了過去，智骨也立刻跟上。

如果循著智骨所指的那個方向望去，可以見到火光、濃煙與眾多人影，遠遠就能看出那裡發生了戰鬥。只要前往那邊，就能知道究竟是誰在攻打人界軍了吧。

但是——有個礙事的東西。

在智骨一行人的前進路線上，有一頭災獸正擋在那裡。災獸前面有個倒地的女性精靈，智骨認出對方正是克拉蒂，但現在是分秒必爭的時候，他沒時間與對方搭話。

望著衝來的智骨等人，災獸大聲發出咆哮，同時擺出了攻擊姿勢。

「不行——！」

克拉蒂見狀連忙發出尖叫。

太魯莽了！這不是普通的災獸！你們會死！快停下來！

時間太短了，克拉蒂來不及把心中的想法訴諸於口，最後只能喊出「不行」兩個字。

糟糕的是，眼前的四人組根本沒有把她的忠告聽進去，仍然勇敢地——從某個角度來說，也可以說是愚蠢——對著災獸發起衝鋒。

克拉蒂認爲智骨四人是爲了救她才衝過來的。

她很感激他們的勇氣與正義感，但他們不了解眼前的災獸究竟有多可怕，救人的義行只會變成送命。

啊……完了——

看到災獸準備撲擊的瞬間，克拉蒂心中湧現絕望。

下一秒——

「別擋路！」

「閃開！」

「滾啦！」

——伴隨著不耐煩的吼叫，災獸飛了出去。

只見災獸的身體在空中翻轉，過了好幾秒才轟然墜地。墜落的災獸沒再站起，就這樣一動也不動地躺在那裡。這也是當然的，因爲牠的右眼窩出現了一個深及腦部的血洞，側腹也有一道巨大傷口，從傷口中流出的不只有大量鮮血，還有疑似腸子的東西。

至於智骨四人則是頭也不回地奔跑，繼續朝著前方全力衝刺。

克拉蒂茫然地看著昏倒的災獸，完全搞不懂剛才究竟發生了什麼事。其他人也跟她一樣，只有站在高處、距離最遠的莫拉將事情的全貌盡收眼底。

莫拉看見了，就在災獸發動撲擊的下一瞬間，衝在最前面的三人同時有了動作。金髮男子以長劍刺向災獸的眼睛；紅髮男子揮動長柄戰斧攻擊災獸的側腹；白髮男子矮身下蹲，對著災獸的下顎使出一記上勾拳。

三人的攻擊不僅後發先至，而且配合得恰到好處，幾乎同時擊中了災獸。白髮男子的上勾拳似乎還用上了特殊的卸力技巧，因此災獸才會飛出去，因爲除了三人的攻擊，還加上了牠自身的飛撲力道。

怎麼可能！莫拉差點吼出這句話。

雖然接觸的時間很短暫，但莫拉已經對人造災獸的力量有一定的了解。堪比鐵甲的皮毛、強壯的肉體、優異的魔法抗性、旺盛的鬥爭心，簡直就是活生生的戰爭兵器。如果以魔界軍作爲比較對象，每一隻人造災獸的實力都足以媲美魔界軍士兵，甚至更在那之上。

但是，如此強大的人造災獸卻輸了。

而且並非經過一番激烈苦戰，而是幾乎瞬間就被打倒。

那四個傢伙究竟是什麼人？

莫拉又驚又怒地瞪著智骨等人的背影，在訝異於對方實力的同時，心中也浮現了某個疑惑，那就是他們要去哪裡？

「——不好！」

站在高處的莫拉總算發現了，智骨等人正奔向另一個交戰地點。

這些傢伙的目標是擊殺人造災獸！察覺到這件事的莫拉忍不住倒吸一口氣。

當然，智骨等人再強，也不可能把人造災獸全部殺光，但他們每消滅一隻人造災獸就能解放十幾位，甚至數十位士兵，然後這些士兵就能投入其他局部戰場，如此一來，戰況就會逐漸扭轉。

豈能讓你們如意！

莫拉立刻跳下屋頂，朝智骨四人追了過去。他打算趁對方戰鬥時，從後方放冷箭。反正戰場上充滿意外，誤傷友軍什麼的並不少見。

這時莫拉發現身後似乎跟著人，他轉頭一看，克拉蒂竟然跟上來了。

「我沒事。我也來幫忙。」

迎著莫拉驚訝的目光，克拉蒂大聲說道。雖然臉色有些蒼白，但她的表情與聲音充滿堅定。

她也同樣認為智骨四人想要幫忙消滅怪物，並以為莫拉是為了協助他們才追上去的。

「二小姐，太危險了！請退下！」

「放心，我的魔力還很充足，能照顧自己！這次絕對不會像剛才那樣了。」

「這不是魔力夠不夠的問題！」

「很好，那就沒問題了！」

「大小姐知道會生氣的！」

「姊姊會理解的！」

莫拉壓抑住想要拔劍斬殺對方的心情，咬牙切齒地向前奔跑。

在森林裡面，同樣咬牙切齒的還有另一個人。

「竟然……死了一隻……那些該死的混帳！」

席德．沙納握緊拳頭，從齒縫間擠出詛咒的低語。

沙納被賦予的任務有兩個。第一，率領人造災獸襲擊第一防線，盡量製造混亂，並且在第一防線做出反擊前迅速撤退。第二，根據內應的指引，消滅幾個特定對象。

在沙納看來，第二任務只是順手而爲的小事，第一任務才眞正棘手。一旦第一防線組織好軍隊發動反攻，人造災獸必定會大量傷亡。換句話說，第一任務的重點在於如何維持住人造災獸的數量，一旦人造災獸出現減員，他的任務評價也會跟著降低。

沙納的目標，是把七十六隻人造災獸統統帶回去。

原本局勢一片大好，襲擊各處的人造災獸雖然多少有受傷，但沒有任何一隻戰死。他怎麼也沒想到，竟然會在執行第二任務時損失一隻人造災獸。

「……情報有誤，那些傢伙不是普通人。」

沙納很快就從失分的憤怒與沮喪走出來。他重新整理情緒，並且冷靜地審視現況。

「僅僅三人就打倒人造災獸……按照傭兵的標準……輝銀、不，輝金級嗎？」

人界沒有用來衡量個體實力的統一標準，這是因爲不同種族之間差異過大，況且還有職業、裝備與特性等多項變數，無論如何評比都有不公平之嫌。如果硬要把所有種族的強者放在一起比較，很可能會引發強者之間的摩擦，甚至演變成國家等級的鬥爭。

然而攀比是智性生物的本能，談論八卦更是無法抹滅的天性。不知從什麼時候開始，有人將傭兵的等級制度套用在強者身上，以一種較爲隱晦的方式評比強者們的實力水準。

之所以選擇傭兵，是因爲這個職業經常戰鬥，不容易出現那種「雖然我很弱，但是因爲不常出手，所以別人以爲我很強」的情況，等級與實力連結得極爲緊密。

在傭兵這個行業裡，個人實力等級被分爲烈輝閃三種，最高是烈級，最低是閃級。

每一級之中又有金銀銅三個級別，金最高，銅最低。換句話說，烈金（第九級）就是最高級別的傭兵，最低則是閃銅。

值得一提的是，用來衡量傭兵實力的這九種金屬確實存在，而且價值也正好與排名等級相符。最高級別的烈金又被稱爲「神恩金屬」或「幻想金屬」，即使是名聲遠揚的英雄人物，也不一定能擁有用烈金打造的裝備。哪怕是排名最低的閃銅，其硬度也勝過一般鋼鐵。

個人實力只要達到輝級，就連貴族都必須鄭重禮遇。各方豪強經常招攬這種水準的強者作爲震懾不肖之徒的武力。至於在那之上的烈級強者，則是有錢都請不到。

如果那四人都有輝金級實力的話，打倒人造災獸的確不是什麼難事。

「……那麼，就用數量取勝。」

沙納很快想好對策，並且付諸實行。

「好像不太對啊？」

克勞德一邊大步奔跑，一邊皺眉說道。即使扛著沉重的長柄戰斧，他的速度也絲毫不比其他人慢。

對於克勞德的低語，智骨、金風與菲利也紛紛給予肯定。

前面距離約三百公尺的地方，有一群士兵正在和怪物戰鬥。雖然看不太清楚，但還是可以勉強分辨出那頭怪物是獸形生物。

「我們那邊有新人嗎？」

「沒聽說過，除非是在我們離開要塞後加入的。」

「我怎麼覺得牠有點像剛才被我們幹掉的擋路災獸啡？」

凡是擁有獸類外形或特徵的魔族士兵，全都歸超獸軍團管轄。智骨等人身為軍團長副官，自然認得自家軍團的成員有哪些。

「會不會是魔道軍團的召喚生物？」

智骨提出了另一種可能。

魔道軍團可以召喚異界生物幫忙戰鬥，異界生物的相貌雖然千奇百怪，但也不乏外形與魔族相似的存在，眼前的獸形生物說不定就是魔道軍團叫來的幫手。

「不可能啦，魔道軍團的作風你還不清楚嗎啡？」

「用召喚生物當前鋒，自己躲在後面扔火球——他們一向喜歡這麼玩。現在沒有火焰也沒有爆炸，絕對不是魔道軍團。」

「太低調了。我認識的魔道軍團應該是一群熱愛跳舞與爆炸，不把場面搞得轟轟烈烈絕不甘心的變態。」

三人的回應帶有強烈的偏見色彩，但智骨沒有反駁，因爲那是事實。

「好吧。前面那傢伙看來跟我們無關，去其他……啊咧？」

智骨的話才說到一半就停下，因爲他看見遠方那頭不明怪物突然放棄了與人界軍士兵之間的戰鬥，筆直地朝著他們衝來。

「喂喂，竟然主動過來了！」

「難道因爲我們人少，所以看起來更好欺負？」

「越看越像剛才被我們幹掉的擋路災獸啡。」

智骨等人訝異不已。怪物的行動太不自然了，簡直就像是有人在背後指使一樣。

「那邊也有東西衝過來了啡！是一樣的怪物！」

「還有那邊！那邊也是！」

菲利與金風分別發現又有怪物往他們靠近，加起來一共有四隻了。這異常的一幕令四人陷入困惑。難道這些傢伙跟他們有仇嗎？不然為什麼統統往這邊跑？

「……我聽說有些魔界生物對同類的血味很敏感，牠們會把沾到同類血液的對象視為敵人。」

克勞德突然想到了某個可能性。

「復仇機制嗎……」

「這麼說來，我好像也聽過類似的事。記得好像叫魔界熔蜂？要是不小心打死一隻，沾到牠們的體液，就會把其他魔界熔蜂吸引過來。」

「啊，那個我知道。魔界覆面蟲也會這樣。那玩意兒可是很麻煩的。」

眾人紛紛貢獻知識，一一舉出擁有復仇習性的魔界生物。在他們看來，眼前的不明怪物很可能也擁有這種習性，不然無法解釋其行動。

「撤退吧，跟這種東西糾纏沒有意義。」

智骨說道，這個提議馬上獲得眾人的贊同。就算打倒這些怪物，也沒有獎金或功動，只是白白浪費力氣而已。

「往哪裡逃？」

菲利問道。金風立刻指出兩個方向。

「這邊或這邊吧。那裡是人界軍要塞，那邊應該是這裡的正門。」

金風說的是南邊與北邊。往東可以看見人界軍的要塞城牆，當然不能往那裡走。既然人界軍要塞在東，那麼魔界軍要塞自然在西。然而這個營地的防禦工事與部隊肯定也都布置在那個方向，往那裡走也不適合。

「「「「這邊！」」」」

四人同時開口，但指出的方向卻不一致。除了菲利，其他人都指著南方。三比一，眾人立刻行動。

「賭王的直覺告訴我，往北才最安全。」

菲利邊跑邊嘟噥。金風聽了立刻反嗆。

「靠作弊才能贏的傢伙，哪來的直覺可言。而且你什麼時候變成賭王了？這麼了不起的綽號，你也配？」

「哼哼，這可是美夢方舟贈予的榮譽稱號哦。」

美夢方舟是菲利常去的賭場，也是正義之怒要塞唯一的合法賭場。許多士兵經常在發薪日當天信心滿滿地進去，然後雙眼無神地出來。那裡是賭徒眼中的聖地，外人眼中的魔窟。

眾人訝異地看著菲利。能被賭場贈予如此了不起的頭銜，菲利的賭術難道真的這麼高明？既然如此，或許可以相信一下他的直覺，眾人心想。

「怎樣，厲害吧？只有消費到一百萬魔晶幣，才能得到這個稱號哦！我接下來的目標是五百萬魔晶幣的『賭神』。」

「竟然是花錢換來的頭銜嗎！」

在賭場消費了一百萬魔晶幣，便意味著菲利已經輸了一百萬。贏錢是不可能的，否則賭場早就禁止菲利進入了，而且菲利平時的消費習慣也不像有錢人。

然而智骨卻想到另一種可能性。

「不對，你哪來的一百萬魔晶幣可以花……等等，贏來的錢再投入賭博也算嗎？用這種方式累積的話，消費一百萬魔晶幣也不是不可能。」

假如手上有一萬的本金，並且用這筆本金贏到了一萬，接下來就算這一萬輸光了，累積的消費金額就有兩萬。按照這種方式不斷循環，就算只有一萬也能達成消費一百萬的目標，而且也不會被賭場列入黑名單。能夠做到這種事的賭客，自然有資格被稱爲賭王了。

被智骨這麼一提醒，金風與克勞德也想通了其中關竅，眼中不禁露出尊敬的神色，這比直接贏賭場一百萬難多了。

「確實可以這樣，不過我是分期付款。」

菲利很乾脆地否認了。於是眾人無言地加快了奔跑的速度，不再對菲利的直覺抱有任何期待。

此時沒有人能想到，這個決定會對他們的未來帶來多麼巨大的影響。

「所謂的命運，有時就是如此奇妙。如果那時候我們往北逃的話，說不定後來那些事情都不會發生了。就算是三流賭徒的直覺，也不是全無價值。」

智骨在日後的日記上如此寫道。

此時他們逃跑的方向——正是人造災獸指揮者的藏身之地。

沙納皺起眉頭，思考下一步該怎麼做。

在他那因魔法道具而大幅擴展的視野裡，可以看見智骨等人正朝這裡衝來。他們是用了某種方法掌握自己的位置嗎？還是單純的巧合呢？根據答案的不同，最合適的應對方法也會有所不同。

沙納無法任意移動。

人造災獸的驅使原理，在於利用特殊魔法刺激從幼年期就植入牠們腦中的術式，進而誘導其行動。因爲只是誘導，所以無法回應太過精細的命令。這種特殊魔法是由眞理庭園開發，其名「指揮塔」，不同於一般的魔法，它的最大射程視施術者的實力而定，以沙納的能力，射程範圍可以達到一千公尺。

就如同這個魔法的名字一樣，在指揮時，魔法師就像高塔一樣無法移動。如果要移動就必須解除魔法，在這段期間，人造災獸會脫離束縛，任憑本能行動。要是讓牠們因亂跑而脫離魔法的影響範圍，事情會變得很麻煩。

一千公尺看似很遠，但成年人全力奔跑的話，也只是幾分鐘的事情。因此如何好好地將自己藏匿起來，是使用「指揮塔」的前置條件。

如果智骨等人的確掌握了他的位置，那麼他有必要快速轉移，暫時放棄指揮人造災獸。如果只是巧合，那就不必這麼做。

「……算了，就做到這裡為止吧。」

猶豫了大約三秒鐘，沙納做出了決定。他把所有人造災獸召回，準備撤退。

沙納的第一任務是在第一防線製造混亂，他並沒有接到明確的任務指示，要做到什麼程度全憑他的臨場判斷。沙納覺得做到現在這個程度應該也差不多了，召回人造災獸，讓牠們順便解決智骨等人，正是一舉兩得的好選擇。

沙納再次喚出立體魔法陣，對人造災獸下達回到他身邊的命令。

當沙納發出指示的下一瞬間，所有人造災獸全都停下了動作，然後奔向同一個方向。原本正在跟人造災獸戰鬥的士兵們對此困惑萬分，但那股疑惑很快就轉變為巨大的喜悅與放鬆感。雖不知為何眼前的怪物會突然跑掉，但他們撿回一命是不爭的事實。

「這是怎麼回事……！」

與士兵們不同，克拉蒂的表情滿是驚愕。

那些不明怪物們奔跑的方向與她一樣，有一隻怪物甚至與她擦身而過，她的心臟在那一刻差點凍結。明明就在伸手可及的距離，怪物卻沒有攻擊她，只是前往奔跑，彷彿那裡有著極度吸引牠們的東西。

「二小姐，不能再追了！」

這時莫拉領悟到了什麼，於是抓住克拉蒂的手臂。

「魔界軍正在集中兵力。不管他們想做什麼，我們都不能再前進了，那只會送死。」

「可是那些人類還——」

「來不及了！對方數量太多，我們去了也幫不上忙，甚至可能會妨礙到他們！如果您眞想救他們，最好的方法就是集結部隊。」

克拉蒂無法反駁。莫拉的意見是正確的，那種數量的不明怪物，就算加上他們兩人也毫無意義。想要打倒牠們，只能依靠軍隊，用更多的數量與更好的裝備將其碾壓，單打獨鬥毫無勝算。

但，那樣就來不及了。

等到部隊集結完畢，智骨等人恐怕早就被那些怪物撕碎了吧。克拉蒂無法坐視救命恩人——而且還是兩次——遭遇如此下場。她想要做些什麼，就算只能用魔法在外圍騷擾怪物也好。

「二小姐，請別隨便考慮一些危險的事。我絕對不會讓妳過去。」

似乎看穿了克拉蒂的想法，莫拉語氣堅定地說道。

這是謊言，其實莫拉很想直接放克拉蒂過去送死，但他知道對方喪命的可能性不高。被人造災獸圍攻的智骨四人是死定了，但克拉蒂還有逃跑的機會。

如果莫拉跟在後面施加偷襲，自然可以確保克拉蒂的死亡，但他不能這麼做。第一，他無法確定第一防線的將士是否正利用某種手段觀察這裡；第二，人造災獸背後的指揮者可不認得他，很可能會連他一起攻擊。

雖然麻煩了一點，但從這裡把克拉蒂帶走，另外找機會解決她，才是最佳選擇。

看著莫拉一副不惜動手的嚴厲表情，克拉蒂知道自己恐怕去不了了。莫拉比她還強，拔劍相對的話，她沒有勝算。

克拉蒂只能望著智骨等人消失的方向，在心中祈禱他們能活著回來。

世間的一切是相對的，有人高興，就會有人悲傷。

第一防線的士兵們逃離了死亡的威脅，取而代之的，智骨四人遭遇到前所未有的危險。七十五隻人造災獸在後方緊緊地追逐他們，那股聲勢足以令任何人爲之膽寒。

「太多了啊啊啊啊啊啊——！」

「爲什麼牠們要追我們啊！」

「剛才不就說過了！復仇啡！」

克勞德等人一邊哀號一邊奔跑。人造災獸快如奔馬，但他們此時所展露出來的速度卻絲毫不遜於人造災獸。

「這些傢伙的心眼可眞小。啊，可以再快一點嗎？牠們快追上了。」

「閉嘴！再囉嗦的話自己下來跑！累的可是老子啊！」

克勞德頭也不回地對背上的智骨大吼。

因爲跑得不夠快，再加上激烈運動時沒辦法使用魔法，因此克勞德索性揹起智骨逃跑。

「喂喂，我又不是什麼都沒做，明明已經用魔法強化你們的體能了。」

人造災獸之所以遲遲無法逮住他們，正是因爲智骨用魔法提升了克勞德三人的身體能力。

「不夠啦！想辦法用魔法拖住牠們。」

「不可能，對方數量太多了。你以爲我是夏蘭朵大人或桑迪大人嗎？」

如果不死軍團長或魔道軍團長在此，這點程度的敵人解決起來自然非常輕鬆，但智骨很清楚自己只是個誕生一年的小小骷髏法師，能力有限。

「你不是天才不死生物嗎？現在正是拿出那份天才本領的時候！」

「哪有那麼簡單！你們不是一直說自己很能打嗎？現在正是證明的機會啊！」

「證明個屁！我們擅長的是圍毆，不是被圍毆！」

一行人就這樣一邊你來我往、進行著缺乏緊張感的對話，一邊大步逃命。

眼前狀況雖然危急，但還不至於絕望。只要再跑上兩天，就會進入魔界軍防線，到時自然會有巡邏部隊出面消滅人造災獸。

第一防線在面對魔界軍的西邊建造了堅固的防禦工事，其他方向只有立下圓木柵欄而已。雖然做法簡單，但這些圓木直徑比成年人的手臂還粗，高度超過三公尺，上面還大量攀附著外觀狀似荊棘的魔法植物，想要突破也非易事。

「智骨！」

「知道了。」

被人揹著跑的智骨開始吟唱咒文。就算在劇烈搖晃的情況下，他仍然能夠集中精神施法。想成爲魔法師，這是絕對必須要掌握的技術——至少在魔界是如此。

伴隨著低沉的轟隆聲，地面出現了一個約兩公尺寬的坑洞，失去地基的柵欄自然也跟著塌陷，一行人立刻從柵欄缺口衝了出去。原本他們以爲柵欄應該可以擋住人造災獸一陣子，沒想到牠們竟然紛紛縱身跳躍，輕而易舉地越過了柵欄，眾人不禁傻眼。

「這些傢伙簡直跟魔界跳蚤沒兩樣！」

「可惡，那就繼續跑。我不信牠們可以一直追下去！」

一行人回頭繼續狂奔，很快就衝入了森林。由於體型關係，人造災獸在森林裡無法全力奔跑，逐漸與眾人拉開了距離。

就在這時，智骨突然開口大叫。

「元素波動！臥倒！」

眾人立刻想也不想地往地上用力一趴，幾乎在同一時間，前方地面突然升起數根尖銳的石刺。要是眾人剛才沒有停下來，下場恐怕會很淒慘。

「太陰險了吧！」

「那些災獸竟然還會這種魔法！」

「不對，有人在妨礙我們。是魔法師！在那裡！」

智骨否定了同伴的說法，並且舉手指著斜上方。

眾人凝目遠望，果然看到遠方樹上有道小小人影。對方沒有刻意隱藏身形，但因站在高處，如果沒人提醒，他們不可能注意到。智骨之所以能夠察覺，並非因爲觀察力過人，而是根據元素波動推導出的結果。

「那傢伙是誰？爲什麼要攻擊我們？」

克勞德的問題無人回答，因爲這也是他們想知道的事。

「又來了！跳！」

剛爬起來的智骨用力往旁一跳，其他人連忙照做。下一秒，眾人先前所在位置再次冒出一排石刺。

還沒來得及喘氣，後方立刻又傳來人造災獸的咆哮。

於是眾人總算理解到對方的目的——拖延他們的行動，好讓人造災獸追上他們！

「……這樣下去不行。」

金風緩緩拔出長劍，劍刃與劍鞘的磨擦聲顯得格外清亮。

「我們對付後面那些大塊頭。智骨，那個魔法師交給你。」

「等等，大家一起衝過去把那傢伙揪下來不行嗎啡？」

「要是我們都去了，那傢伙一定會轉移位置，然後繼續用魔法妨礙我們，一旦我們被災獸追上，情況會變得更糟。與其這樣，還不如現在就分頭行動，讓智骨逮住他。」

金風語氣冷靜地駁斥菲利的意見。菲利先是嘖了一聲，然後點了點頭。

「智骨，你沒問題吧？」

克勞德一邊提起戰斧一邊問道。

「有。我沒有信心打贏對方。」

智骨回答得非常乾脆。雖然他認爲自己說的是實話，但克勞德等人以爲這只是智骨的自謙。

「不錯的玩笑！好！上了！」

「交給你啦，智骨！」

「讓我們好好見識一下天才不死生物的力量吧啡！」

「不，我就說——別跑啊喂——！我是說眞的啊啊啊啊啊——！」

克勞德等人完全無視智骨的坦白，逕自衝向了人造災獸。

「啊啊啊啊——！停下來啊——！可惡！我不管啦！死了別怪我！」眼見無法阻止同伴的衝動行徑，智骨只好拿起法杖，跑向森林深處。

智骨在森林裡奔跑，朝著神祕敵人的方向筆直前進。

熟練的獵人可以依靠細微的線索判斷獵物動向，智骨雖然沒有那樣的觀察力，但他可以根據元素擾動的痕跡進行推測。就算再怎麼不起眼的魔法，一旦使用就會讓某個區域的元素產生混亂，因此只要沿著元素擾動的軌道就能找到施法者。

然後，智骨停了下來。

敵人就在前面，雙方之間的直線距離大約五十公尺。

人類，灰髮灰眸，身高約一百七十公分，體型偏瘦。根據魔力波動來判斷，對方擁有複數的魔法道具或裝備，其中兩件大概是衣服與眼鏡。透過觀察，智骨獲得了以上情報。

「你是誰？為什麼要攻擊我們？」

因為彼此間距離太遠，所以智骨用喊話的方式提出疑問。

然後——對方開始吟唱咒文。

「嘖！」

看到對方那攻擊性十足的回答方式，智骨不禁咂舌。本來想多套出一點情報，看來是不可能了。智骨立刻掉頭狂奔，衝到了某棵大樹的後方。從樹後窺探，可以看見對方不再吟唱咒文，而是開始移動。

魔法師之間的戰鬥，嚴格說來與弓箭手很像。

吟唱咒文需要時間，因此與敵人保持距離非常重要。但絕大多數攻擊魔法須透過施術者的雙眼鎖定敵人的空間座標，所以也不能離得太遠。若是平原之類的開闊地形就算了，像森林這種充滿掩蔽物的地方，戰術重點在於如何一邊隱藏自己，一邊捕捉敵人。

眼前的地形對智骨很有利。

因為他觀察外界的方式，不只依靠肉眼。

還在移動……停下來了……右前方，距離大約五十公尺……中間有四、不，五棵樹木阻擋……

透過靈魂內部的感知魔法陣，智骨察覺了敵人的位置與環境的情報。他手邊沒有能夠應對這種狀況的魔法，因此他悄悄地移動了。

就算可以不用雙眼就鎖定敵人，但攻擊魔法就像射出的箭一樣，攻擊軌跡以直線居多。智骨不會那種具備追蹤效果的攻擊魔法，因此必須找到一個雙方之間沒有阻礙物的位置，這樣他才方便出手。

嗯？又移動了……我應該沒有發出聲音……是在找我吧？那傢伙的眼鏡雖然是魔法道具，但應該沒有搜敵功能，否則早就打過來了。

智骨的判斷沒有錯。沙納的「鷹之目」擁有兩個效果，一是遠視，另一個則是防禦強光，沒有搜索的功能。

就在這時，智骨感知到敵人周遭的元素開始湧動，這代表對方正在吟唱咒文，於是他連忙加速移動。魔法師最討厭的，就是會不斷移動的敵人。

突然，一股無形的波動以沙納爲中心向四方放射，那股波動極其迅速，一下子就掃過了智骨。透過被擾動的元素，智骨很快察覺到對方的行動與意圖。

偵測系魔法嗎？果然用了這個。

智骨加快腳步，然後在某個位置停了下來。

這裡距離沙納藏身之處大約四十公尺，中間沒有礙事的樹木，是發動狙擊的絕佳位置。

就在這時，智骨腳下突然出現大規模元素紊亂。他以爲對方又要使用石刺，因此連忙向旁邊跳開，沒想到雙腳卻深深地陷入地面，彷彿踏上了泥沼或流沙一樣。

「什——」

智骨還沒來得及說出最後一個字，就這樣沉入了地底，連點掙扎的機會都沒有。

沙納輕吐長氣，對於自己的戰果非常滿意。

魔法師是一種難以衡量戰鬥力的存在。就算能使用高等級魔法，也不代表那位魔法師擅長戰鬥。嚴格說起來，魔法只是一種武器，如果無法善用這項武器，其意義就跟手持神兵的幼童差不多。

很多高階魔法師不擅長戰鬥。

位卑者在戰場上生死搏殺，位高者則端坐幕後。就像指揮官不會親自拿劍砍人一樣，高階魔法師其實很少與人動手。他們在低階時期或許曾跨越過屍山血海，但在晉升高階後，就很難再有那樣的機會，戰鬥意識大幅衰退。因此在一對一的情況下，低階魔法師也有可能打贏高階魔法師。

然而有些高階魔法師會主動追求戰鬥，磨練自己的戰鬥技術與直覺。他們不是爲了金錢、名譽或其他的什麼，僅僅只是爲了不讓自己留有弱點。

席德．沙納正是那樣的魔法師。

身爲神聖黎明國立魔法學院的教授，沙納很少有親自戰鬥的機會。但他每個月都會獨自出外旅行數日，讓自己置身於危險環境，透過這種方法維持狀態。

這場戰鬥，他自認在戰術方面沒有任何錯誤。

保持移動，確認敵人位置，然後用最適合的魔法發動攻擊。乍聽之下似乎是簡單又樸素的做法，但辦不到的魔法師其實意外地多。尤其是最後一項關於攻擊魔法的選擇，很多魔法師都會下意識地挑選威力強大或是最擅長的魔法，但那絕非最優解，有時甚至會招來預料之外的反噬。

將時機、環境、敵人能力、後續處理等因素一併考慮進去，才能做出最正確的選擇，但大多數魔法師懶得這麼做，他們只會覺得能打倒敵人就夠了。怠於思考的結果，就是戰鬥意識慢慢變得遲鈍，變得純粹只會用火力蠻幹，最後變成軍人與傭兵口中的「炮台法師」，要是沒人保護，就什麼都做不到。

沙納之所以使用地沼術，正是因爲他將各種因素都納入了分析。首先，地沼術可以不靠目光鎖定敵人，只須概略知道目標位置即可，非常適合森林這種障礙物極多的環境。再來，他須要隱藏自身的存在，不能留下太多痕跡。最後，他先前露了一手地刺術，敵人肯定有了防備，這時使用地沼術，對方便很容易先入爲主地採取錯誤行動。

沙納的戰術成功了，敵人已被他的魔法捕捉，徹底沉入地底，很快就會窒息而死。現場非常乾淨，就算事後有人調查，也找不到任何線索。

完美……如果換成其他笨蛋，大概只會扔火球或風刃，把環境弄得亂七八糟吧。

沙納一邊在心中嘲笑那些只會蠻幹的同行，一邊走向敵人的殞命之處。他要確保自己沒有留下破綻。

如同預料的一般，除了因爲被捲入魔法範圍而消失的大量植物，那裡什麼都沒有。植物消失雖是缺點，但還稱不上破綻，就算是森林，也總有那麼幾處寸草不生的空地。

沙納環視了一遍，然後點了點頭。這場戰鬥他打得很漂亮，唯一的遺憾就是沒能知道敵人的實力。如果對方是高階魔法師，這份戰績會更有價值，不過對方年紀不大，應該只有四級，如果是天才之流，最多也就六級，跟自己一樣。

以防萬一，沙納甚至還用了名爲「生命偵測」的魔法。果不其然，地底下沒有任何生命反應。

……**火種那邊應該也已經解決了。**

沙納的思緒已經轉到另一處戰場。

雖然解除了操控，但因慣性影響，人造災獸仍會繼續追殺其他人。如果不在牠們把敵人徹底撕碎吃光之前重新操控，人造災獸就會亂跑，到時他還得一隻一隻找回來，麻煩得要死。

沙納發動了「指揮塔」，然後他愣住了。

魔法反饋的生命反應數量完全不對。

人造災獸有七十五隻，但他此時探測到的數字卻只有一半。

對於這種情況，沙納只能想到一種可能性。

——已經在亂跑了嗎？該死！

沙納連忙解除魔法，然後攀上一旁的樹木頂端遙望戰場。

然後他瞪大了雙眼。

因爲魔法眼鏡而大幅延伸的視野裡，並沒有出現人造災獸四處亂跑的畫面。

牠們仍在戰鬥。

但是，戰鬥的對象不對。

理應成爲獵殺目標的那三個人不見了，取而代之的，是三隻從未見過的怪物。

「不、不對……那個……應該是……」

沙納呢喃著，從記憶的抽屜中翻出了有關那三隻怪物的情報。

很久以前，軍部曾發給魔法學院一份重要資料，裡面記載了人界軍努力收集到的、有關魔界軍的情報。因爲從未上過前線，所以沙納直到這時才想起來。

沒錯，那是魔族。

第一隻——脖子以上是牛頭，脖子以下則是人類軀體，體形異常高大的怪物。印象中，那個被稱爲牛頭人，有著可怕的蠻力與耐力，堪稱會呼吸的戰車。

人界有名爲獸人的種族，這個名稱的由來，是因爲他們的身體擁有部分——絕大多數是耳朵、尾巴或爪牙——的野獸特徵，但至少整體外觀看起來與人類無異。然而牛頭人整個頭都是牛頭的形狀，相較之下，獸人顯得可愛多了。

第二隻——有著淺金色皮毛，體型比馬還要大，有著四條尾巴的狐狸。如果沒有記錯，那個被稱爲多尾狐。行動敏捷，爪牙鋒利，將尾巴當作武器。另外，尾巴的數量似乎與實力有關，有些多尾狐的尾巴甚至可以操控元素。

人界已知的異獸裡也有與多尾狐類似的存在，不過知性方面就大大不如了。眼前的四尾狐體型比戰馬還大，尾巴雖然沒有操控元素的跡象，但靈活程度簡直就像擁有自我意識。

第三隻——身體與鬃毛皆爲雪白，四蹄燃燒著紅色火焰的巨馬。記憶中沒有對方的資料，有可能是名爲夢魘的魔族的突變種。夢魘是種通體漆黑、擁有火紅鬃毛的魔族，雖然顏色對不上，但至少四蹄有火這點是相通的。

人界有名爲獨角獸的神聖生物。獨角獸的外形似馬，額頭有角，擁有魔法能力，實力強大但不喜鬥爭，在精靈國度被視爲純潔的象徵。眼前的魔族樣貌與獨角獸相似，但戰鬥方式卻極爲凶暴。

「爲什麼……？」

爲什麼魔族會出現在這裡？

這裡可是第一防線外圍的森林，距離邊境線還有一大段距離。難道是企圖潛入敵陣、刺探軍事情報的魔族精銳斥候？爲什麼他們會跟人造災獸打起來？那三個人已經死掉了？

眺望遠方的戰場，沙納腦中盤旋著數不清的疑問，然而無人能夠給他解答。

就在這時，沙納的身體突然爆發光芒！

敵襲！

光芒爆發的瞬間，沙納立刻縱身一躍，從樹上跳了下來。

沙納在攻打第一防線前，就為自己施放了防禦系魔法「魔盾」，這個魔法在施術者遭受一定程度的物理衝擊或能量衝擊時就會發動，為施術者抵擋傷害。

在跳下樹木的同時，沙納透過殘留的魔力波動尋找襲擊者的位置，並且成功發現對方的身影。那是一名穿著長袍、手握法杖的黑髮青年，他渾身上下滿是泥土，看起來就像是剛從地底爬出來。

剛才的……？地沼術沒有幹掉他？不可能！

在「新敵人出現」與「自己戰術失誤」這兩個選項之間，沙納很想選擇前者，但經驗與理智告訴他，後者才是正確的。

「……很好！那就再殺你一次！」

沙納口中吐出充滿殺意的低語。雖然不知道對方是怎麼逃出地沼術的，但沙納相信自己絕對可以獲勝。這次他會徹底把對方燒成飛灰，絕不留給敵方反擊或逃跑的機會。

相較於沙納的自信，智骨則是一臉愁容。

被地沼術吞入地底後，智骨利用挖掘術從其他地方回到了地面，這是只有無須呼吸的不死生物才能辦到的事。當沙納觀察遠方戰場時，他便趁機用「骨槍」發動偷襲，選擇這個魔法的理由是魔力波動小，遠程攻擊時的威力堪比強弩。

對方果然有防禦系魔法護身，而且等級還很高……機會浪費掉了，還是該用威力更強的魔法嗎……不對，那樣對方很可能提前察覺。

無論如何，最好的機會已經失去，而且還暴露出自己擁有應付地沼術的手段，類似的戰法想必絕對不會再用了吧。接下來該怎麼辦才好呢？智骨一邊移動一邊思考。

可以確定的是對方不會飛，避免了最糟情況……可是也沒時間測試對方的底牌……要強攻嗎？

大體而言，魔法戰可分爲三種形態。

第一種是正面強攻。爲了在短時間內決出勝負，雙方會同時搬出最強力或最拿手的魔法，想辦法在一擊之內打倒敵人。然而如果雙方都會飛行法術，往往會演變成互扔魔法直到一方力竭的消耗戰。

第二種是隱密游擊。雙方就像狙擊手般保持距離，一邊試探對手的底牌，一邊尋找致勝的戰機，是種非常考驗智慧與經驗的對決方式，有時甚至還會出現必須耗費數天才能分出勝負的情況。

第三種是儀式咒殺。這是一種只有雙方都是超高階魔法師才能辦到的戰鬥。雙方在橫跨千百萬公里、完全看不見彼此身影的情況下以魔法交手，這類型的戰鬥大多是詛咒系魔法，故有此稱。

智骨擔心克勞德他們撐不住，因此希望能速戰速決，但對方要是看穿他的意圖，採取游擊戰術的話，那他肯定會敗北。

不對，就算對方不用游擊戰術我也會輸啊！雖然不想輸，可是八成會輸！是說剛剛不就輸了嗎！

想起剛才的敗北，智骨不禁在心裡哀號。

原本以為至少能向對方轟上一發魔法什麼的，結果轉眼就被幹掉。對方絕對是戰鬥經驗豐富的魔法師，而且身懷數量未知的魔法道具，無論是實力或裝備都碾壓自己，智骨實在想不出自己有什麼勝過對方的理由。可能的話，眞想就這麼逃跑，反正克勞德他們耐打抗揍，就算打不贏災獸大概也跑得掉，跟自己這個脆皮骷髏不一樣。

要不是有這個的話……

智骨瞄了一眼自己的肚子，裡面藏著的百魔之眼正記錄著自己的一舉一動，要是他做出拋棄戰友逃亡的蠢事，回去後肯定會被當成廚餘處理掉。眼前唯一的保命之道，就是硬吃一記敵人的魔法攻擊，做出英勇戰死的假象，然後再想辦法逃回要塞了吧。這可是只有不死生物才能使出的招式。

妙計啊……好，就這麼辦！上吧，智骨！你可以的！你做得到！說到被殺，沒有魔族比你的經驗更豐富！

智骨就這樣一邊懷抱著毫無益處的自信，一邊跑向敵人落下的方向。就在這時，他的感知能力突然捕捉到敵人的蹤跡，對方竟然同樣筆直地朝自己移動！

跟智骨一樣，沙納也想速戰速決。

要是再拖下去，人造災獸的傷亡只會更加慘重，爲了自己的任務評價，他只能採取正面強攻。原本沙納還擔心對方看穿自己急欲決勝負的心理，不與自己正面對決，沒想到對方竟然做出了一樣的選擇，這個發展令他竊喜不已。

不知死活的傢伙，到另一個世界爲自己的愚蠢後悔吧！

嘲笑敵人行動的同時，沙納開始吟唱咒文。

世人一向存在著「魔法師在施法時不能移動」的觀念，事實上並非如此。魔法師施法時之所以不移動，是爲了集中注意力，以提高法術的釋放速度與成功率，若對某個法術極其熟練，就算移動也能成功施放。就像技藝高超的工匠有辦法一心二用一樣，兩者道理相同，雖然辦不到「一邊奔跑一邊施法」這種事，但「一邊走動一邊施法」是可以實現的。

沙納擅長的元素屬性是地與風，由於先前已在敵人面前使用過地元素魔法，所以這次他選擇了後者。

風元素魔法——螺旋空轟。

魔法成形，風壓凝聚，瞬間形成一枚直徑超過三公尺的空氣彈，朝敵人疾射而去。空氣彈的威力足以碎木裂石，且在炸開的瞬間還會捲起眞空漩渦，切割與吹飛周遭的一切，也就是所謂的兩階段攻擊；「螺旋空轟」是沙納最強的攻擊魔法，等級高達六級。

由於敵人先前擺脫了地沼術，身上或許藏有某種、或是更多的魔法道具，爲求謹愼，他才不惜使用這招。

當空氣彈射出的那一刻，沙納確信自己已經獲勝。

爲了這一擊，他投入了將近三分之一的魔力，就算敵人張開防禦系魔法，也肯定能予以擊破。

那股自信——在下一秒化爲錯愕。

空氣彈射偏了。

原本該筆直射向敵人的凶惡魔彈，在中途突然改變方向，彷彿被什麼推走一樣，見到這一幕的沙納訝異得說不出話來。

……什麼？那是什麼？他做了什麼？

透過「鷹之目」的力量，沙納看見對方有做出吟唱咒文的動作，因此可以判斷是以魔法偏轉了自己的攻擊，但沙納不明白對方用的是什麼魔法。

一般來說，決定魔法師實力的因素有三種：魔力、技巧與知識。

魔力是驅動魔法的鑰匙與泉源，技巧左右魔法運用的程度，知識決定魔法師的眼界。平庸的魔法師只會拚命鍛鍊魔力與技巧，然而知識才是眞正影響魔法師能否步入高階的關鍵。

如果搞不懂敵人做了什麼，那又要如何抵抗或反制？因此高階魔法師通常知識淵博，就算是與自身擅長屬性無關的魔法也會加以研究。沙納之所以能坐上神聖黎明國立魔法學院的教授之位，正是源於對魔法的廣博見聞。

由於第一次兩界大戰的影響，人界諸國建立了高效率的魔法交流體系，就算是被冠上祕術或禁術的隱密魔法，情報多少也會流傳出來。雖然不敢自詡全知，但人界的所有魔法沙納皆有涉獵，然而此時的他卻看不懂對方究竟用了怎樣的魔法。

「不可能！」

沙納拒絕承認這個答案。

未知。

對於追求知識的魔法師來說，這個名詞意味著「愚昧的自己」與「強大的對手」。因爲自己太過愚昧，所以無法理解發生了什麼事；因爲對手太過強大，所以無法理解對手做了什麼。承認未知，就代表技不如人。

透過「鷹之目」，沙納能看清敵人面孔。黑髮黑眸的人類青年，歲數看起來才二十出頭，沙納的學生大多是這種年紀，甚至不乏比他更加老邁的人，沙納不相信眼前這個年紀僅有自己一半的年輕人，竟然懂得自己所不知道的魔法。

……事實上，沙納是對的。

沙納的確認識人界的所有魔法，但智骨所用的，是魔界之物。

這個魔法名為「歪斜之輪」，是兩界戰爭中從未出現過的法術。至於沒有登場的理由也很簡單，因為這個魔法不適合大規模戰役，僅能在單兵作戰中派上用場，而不知道此事的沙納，對智骨的忌憚也升到了最高點。

「哦哦哦哦哦哦哦哦——！」

伴隨著凶猛的咆哮，牛頭人的戰斧斬中了災獸。

由於激戰之故，斧刃上滿是缺口、鮮血與脂肪，已經不復原先的鋒利，然而牛頭人憑藉著本身的蠻力，硬是用鈍到不行的戰斧將災獸的身體給斬開，還因力道太過強大，被斬中的災獸在空中足足翻了兩圈。

在人界軍收集的魔族情報裡，關於牛頭人的能力敘述只有力量與耐力這兩個特點，但唯有親眼見識，才能體會牛頭人的力量與耐力究竟強到什麼地步。

災獸的爪擊與獠牙能夠輕易打斷直徑約成年人拳頭大小的樹幹，此時的牛頭人不知被災獸的獠牙與利爪擊中多少次，卻仍然有如岩石般屹立不搖。他彷彿完全感受不到疼痛與疲倦一樣，不斷揮動戰斧斬殺災獸。

「克勞德，別衝得太前面！你脫離我的尾巴射程了！」

四尾狐用魔界語大喊。

牛頭人聞言立刻後退。此時有一頭災獸正好從牛頭人的視線死角衝了過來，就在牠即將得手之際，一條白色尾巴突然從旁甩來，有如鐵鞭般擊中牠的前腿。災獸立刻摔倒，牛頭人則趁機一斧解決了牠。

「謝了，金風！」

「不要像個笨蛋一樣老是往前衝！這樣我很難掩護！」

牛頭人頭也不回地道謝，四尾狐語氣不爽地回應他。

是的，這個牛頭人正是克勞德，四尾狐則是金風。至於另外一隻白色夢魘，自然就是菲利。

這才是他們眞正的模樣。

魔族在利用魔法道具維持人形時，能夠發揮的實力只有一半不到。要以那樣的姿態對付數十頭災獸實在太過勉強，因此克勞德三人不得不露出眞面目。

即使如此，他們還是陷入了苦戰。

眼前這些災獸的實力比起一般魔族士兵略低，但數量實在太多了。克勞德他們最多只能做到以一敵三的程度，何況眼前的災獸不只九隻，而是九的數倍。

值得慶幸的是，這些災獸頭腦不好。

圍攻他們的災獸雖數量眾多，但攻勢非常雜亂。牠們腦中似乎完全沒有「配合」、「默契」、「協助」這一類的字眼，只是不斷地衝上來，有時甚至還會撞到同伴而滾成一團。

「我們已經宰了二十隻了吧？到底還有多少啊啡！」

菲利一邊大喊，一邊用後蹄將從背後襲來的災獸給踹飛。這一踹威力之強，直接將災獸的骨頭給打斷了。

「不知道！」

克勞德也大喊，同時把一頭災獸給劈飛。某頭災獸趁克勞德揮完戰斧的空隙撲了過去，結果被金風尾巴掃飛。

三人採取的陣形是：克勞德與菲利守住前後，金風居中輔助。他們互相掩護，彼此合作，發揮出一加一大於二的力量。反觀災獸們互扯後腿，空有數量上的優勢卻不懂利用。正因如此，克勞德三人雖然傷痕累累，但還支撐得下去。

不過，他們也快到極限了。

體力因激烈的戰鬥而急速消耗，就算是以耐力見長的克勞德，此時也在大口喘氣。再這樣下去，他們很快就會因脫力而敗北身亡。

「喂，你們說智骨那邊怎麼還沒解決？是不是被幹掉了？我們要不要先撤退？」

「怎麼可能，他可是智骨哦！」

「那傢伙一定會贏的啡！」

對於克勞德的疑問，金風與菲利回以肯定的答覆。

「不，可是對手是魔法師吧？魔法這種東西，不是學得越久越厲害嗎？智骨才一歲吧？」

「那又怎樣？所謂的天才，就是專門打破常識的存在。」

「別忘了，他可是敢在假日出門的強者啡。」

正義之怒要塞的街道每逢假日就會化爲大亂鬥的擂台。這是因爲四大軍團的士兵們經常在路上互相挑釁，然後大打出手，不管是否會波及無辜。

正義之怒要塞的假日街道充滿了火焰與爆炸、鮮血與淚水、吼叫與哀號，比戰場更像戰場。即使情況如此混亂，司令部卻對此視若無睹，理由是：「反正目前沒在打仗，讓士兵有個發洩精力的地方也好。」

如果有魔族在街頭亂鬥中死亡，不死軍團就會進行資源回收，把屍體撿去做成不死士兵或拆掉當作生體零件。其他軍團的士兵爲了不落到如此下場，通常會做出兩種選擇：更加努力自我鍛鍊，或是乾脆不出門。至於「不要打架不就好了嗎？」這個簡單明快的解決方法，因爲很不魔族，所以大家從一開始就沒有列入考慮。

克勞德等人只是偶爾會在假日出門，但智骨卻是每個假日都會離開營區宿舍前往圖書館，根據大門衛兵的說法，智骨總是完整地出去，缺手斷腳地回來，即使下場如此慘烈，依舊沒有改變作息的打算。

不死生物並不是真的不會死，在假日街頭被轟得灰飛煙滅、徹底消失於世間的不死生物同樣不在少數，但智骨卻每次都回得來，光這點就足以證明實力。

「相信智骨吧！他不會讓我們失望的！」

「沒錯，他可是千年一見的天才不死生物啡！」

「啊啊，知道了知道了，我會奉陪到底的！」

懷抱著對不在場友人的信賴，三人繼續奮勇作戰。

對智骨而言，這是值得慶幸的誤算。

不論從哪個角度來看，敵人的實力都強於自己，他已經做好挨上一擊的心理準備，爲了確保自己不會被一招消滅，還特地使用了防禦系魔法。原本以爲自己的魔法會被打破，沒想到卻成功擋下敵人的攻擊。

爲什麼會這樣呢？下一瞬間，智骨那空無一物的腦袋閃過一道靈光。

原來如此！對方的魔力不足！

魔法是役使元素的技術。就像揮劍需要臂力一樣，使用魔法也需要魔力，越是強力的魔法，必須付出的魔力也越多，就算是簡單的魔法，要是注入的魔力夠高，威力也能達到高階魔法的效果。就算是魔法道具，也需注入魔力才能啟動。

敵人的魔力明顯不足，所以剛才的攻擊才會比想像中來得軟弱。

仔細想想這也是當然的。雖然不知道敵人是如何驅使災獸的，但無論是利用魔法或道具，想必都要付出相當的魔力吧。再加上先前的地刺術、地沼術與防禦魔法，敵人的魔力肯定消耗得非常厲害。

魔界有一句諺言叫「用弱點感受觸手的愛」，意思是一旦發現敵人虛弱的地方，就要全力朝那個地方進攻。毫無疑問，現在正是實踐這句諺言的最佳時機！

智骨停下腳步，舉起法杖開始吟唱咒文，對面的沙納也做出同樣動作。

雙方間的距離不到一百公尺，這是常理下魔法戰的最短距離。兩人不再移動，以最快速度施展魔法，只要比對方的施法速度更快——哪怕僅有一秒——就能掌握勝利。

這樣的形勢正是沙納想要的。

我不信你的速度會比我更快！

雖然對方用了未知的魔法擋住空氣彈，讓沙納在知識方面輸了一陣，但他還有長期鍛鍊累積而來的深厚魔力與施法技巧。

然而沙納的信心很快就被打破，當他吟唱完咒文時，智骨的法術也同時完成。

暗元素魔法——骨槍・七連。

智骨法杖前端張開的魔法陣有如炮口，朝著敵人連續射出七發骨槍。

風元素魔法——眞空連波。

大量眞空刃從沙納面前的魔法陣疾射而出，迎向來襲的骨槍。

魔法的撞擊引發能量爆炸，劇烈的暴風差點把兩人吹飛，但他們立即壓低身體、穩定重心，準備發動第二擊。

沙納承認自己太小看對方了。

能跟得上自己的吟唱速度，對方的法術技巧顯然也是一流的。雙方魔法互相抵銷，代表兩人注入的魔力量相差無幾。眼前的黑髮青年不只是知識，就連魔力與技巧也不遜於自己，於是沙納決定拿出底牌。

這次你跟得上嗎！

沙納的咒文詠唱速度陡然變成原來的兩倍。

在眾多法術技巧中，有一種名為「極限詠唱」的特殊技術，效果在於提高咒文詠唱速度，代價則是魔力消耗量大幅提升。這是唯有高階魔法師才能掌握的奧義，在正面對決的魔法戰中，再也沒有比它更強的武器。

沙納的詠唱在短短數秒內便接近尾聲，正當他即將唱完咒文之際，一陣劇痛打斷了他。

沙納低頭望向自己的腹部，那裡插著一根尖銳的骨槍。不同於之前的潔白，這次的骨槍乃是深沉的黑色。

暗元素魔法——骨槍・穿突。

這是比先前的「骨槍・七連」更加高階的強力法術，能突破絕大多數防禦系魔法。這一擊徹底抽空了智骨的魔力，但也為他撬開了勝利的門扉。

沙納呆愣地注視著貫穿自己身體的骨槍，一時意會不過來發生了什麼事。直到疼痛與失血令他失去站立的力氣後，一度中斷的思緒才重新開始運轉。

比我……更快……？我……輸了？

沙納顫抖地抬起頭，難以置信地看著智骨。

不可能！這是幻覺！我可是神聖黎明國立魔法學院的教授，眞理庭園的三十九席，才四十歲就成爲六級，很快就要晉升七級的魔法師啊！怎麼可能倒在這種地方？我還有光明的未來！我還想繼續追尋魔法的奧祕！我還有想做的事！我才不會死在這種莫名其妙的傢伙手中啊啊啊啊啊啊啊——！

沙納張嘴想要大吼，但從口中溢出的只有鮮血。急速流失的體力與逐漸模糊的意識終於令他接受敗北的現實。理解到自己的生命即將步入終點後，沙納望著智骨的眼神染上了畏懼與欽羨。

魔力、技巧、知識，沒有一樣勝過對方，更可怕的是，對方還如此年輕。

對於這樣的存在，世人通常是如此稱呼的。

「天才、是嗎……」

呢喃著，沙納緩緩合上雙眼，陷入了永恆的長眠。

Epilogue

「克拉蒂——！」

回到復仇之劍要塞後，迎接克拉蒂的是充滿怒氣的斥喝聲。

一收到妹妹回歸的報告，克莉絲蒂立刻放下所有事情，以疾風般的速度衝到妹妹房間。克拉蒂還沒來得及放下行李，便品嘗到親生姊姊一頓名爲數落的洗禮。

因爲確實是自己的錯，所以克拉蒂也就毫無怨言地接受了，然而她的反應卻讓克莉絲蒂感到訝異。

「怎麼回事？今天怎麼這麼老實？」

克莉絲蒂很了解這個妹妹。過去被責罵時，克拉蒂總能扯出一、兩個牽強的理由爲自己辯駁，今天卻十分安靜地接受斥責。

「因爲姊姊是正確的，所以我沒什麼好說的。」

克莉絲蒂雙手抱胸，用懷疑的目光打量妹妹。

「……看來報告裡似乎有些東西沒寫到。把事情的經過仔細說給我聽。」

襲擊第一防線的災獸撤退後，第一防線指揮官卡坦．熾刃當晚就寫好相關報告，連夜送進復仇之劍要塞。克拉蒂、莫拉及其他精靈士兵爲了接受治療與協助調查，過了兩天才離開第一防線。

於是克拉蒂把自己的經歷全部說了出來。

私自離開要塞後，加入了臨時組成的傭兵小隊，接受巡邏任務——

遭遇不明災獸，隊伍全滅，只剩自己一人活下來——

被一群自稱修行者的怪人所救，回程遭遇無頭騎士——

與莫拉等人會合，爲了獲得情報，要求修行者與他們一起行動——

第一防線遭遇攻擊，那群修行者挺身而出，把災獸引開——

細數之後，克拉蒂才發現短短幾天內竟然發生了這麼多事。聽完了克拉蒂的敘述，克莉絲蒂挑了挑眉。

「是這樣嗎？跟卡坦．熾刃講的很不一樣呢。」

在卡坦呈交的報告書裡，沒有智骨等人的存在。至於災獸的離去，是「第一防線眾將士英勇奮戰的結果」。

「我可沒有說謊。妳可以問莫拉他們，也有很多第一防線的士兵看到了。」

「啊啊，我會調查的。」

話雖如此，克莉絲蒂心中其實已經倒向了自己的妹妹。不只因爲對方是親人，更重要的是克拉蒂沒有說謊的動機。

「……不過，克拉蒂，妳認爲那些怪物不是魔界軍，而是災獸？」

「嗯。牠們的行動太混亂了，而且沒有裝備。」

「但是災獸不可能襲擊軍營。」

災獸雖然智力低下，但牠們至少知道什麼不能招惹。第一防線有數千駐軍，而且還有大量防禦工事，攻擊那種地方毫無好處可言。如果是爲了滿足食欲或破壞欲，把軍營當作目標肯定是最壞的選擇。

「或許牠們打著攻擊一下就走的主意。妳看，牠們不是很快就跑掉了嗎？」

「懂得運用戰術與策略的災獸？這明明就是軍隊吧。」

克拉蒂嘴巴張了張，但沒有發出聲音，這是因爲她想不出該如何反駁。見到她這副模樣，克莉絲蒂露出微笑，然後說道：

「……不過，就這麼斷定也有點魯莽。這次的襲擊有太多疑點，須仔細調查才行。對了，妳說的那四個修行者，後來有找到人嗎？」

「沒有。」

克拉蒂一臉遺憾地搖了搖頭。

「聽妳的說法，那些怪物是突然追著他們，一路跑出軍營。那四人與怪物之間或許有什麼關聯，如果能找到他們就好了。」

「我本來想去找的，可是莫拉不讓我去。」

「莫拉是對的。」

克莉絲蒂用力瞪了克拉蒂一眼，後者不禁縮起身體。

「聽好了，克拉蒂。最壞的情況，怪物是為了那四人才會襲擊軍營。也就是說，這場災禍其實是他們招來的。」

「我不這麼認為，姊姊。」

「這只是其中一個可能性。在找到證據之前，誰也不能斷定機率為零。」

「請不要胡說！照妳這麼說，那些怪物也可能是爲了我才襲擊軍營的！」

克拉蒂怒氣沖沖地反駁。克莉絲蒂沒有生氣，只是冷靜地說道：

「不要因爲他們救過妳的命，就把應有的戒心與謹慎都拋棄掉了。話說你們才認識兩天而已吧？妳就這麼信賴他們嗎？妳能保證他們眞的不是壞人？」

「是的。如果妳跟他們相處過，就會知道我爲什麼這麼說了。」

克莉絲蒂訝異地注視自己的妹妹。雖然還不成熟，但她相信克拉蒂擁有分辨他人善惡的能力，尋常的欺瞞或僞裝是騙不了她的。

也就是說，她眞的遇到了人品高尚且實力強大的人物？克莉絲蒂也對那四人起了一點興趣。

「把妳的冒險詳細說給我聽吧，克拉蒂。雖然時間早了一點，不過我們來喝下午茶吧。」

「好的，姊姊！」

克拉蒂立刻高興地準備茶與點心。望著妹妹匆忙奔走的身影，克莉絲蒂的嘴角不禁往上牽動。

💀💀💀

在漆黑的不明空間裡，閃爍著九個光點。

光點的顏色並不相同。紅、橙、黃、綠、藍、灰、紫、褐、銀，九個光點飄浮在深邃的黑暗之中，宛如高懸夜空的星辰。

「引火計畫失敗。三十九死亡，交付給他的七十六枚火種也全滅了。」

銀色星辰開口了。

其餘星辰盡皆沉默。因爲眾人都是用精神體存在於此，所以無法看見彼此的表情，但可以確定的是絕對好看不到哪裡去吧。

「……雖說匆忙了一點，但計畫本身應該是沒問題的吧？」

「當然。計畫制定時，就已經徹底探查過第一防線的戰鬥力，當時那裡沒有高手。爲了防備意外，還特地準備了雙倍的兵力。」

「交代給三十九的任務內容也沒有錯誤——只要引發混亂就好，一旦軍隊反應過來就立刻撤退。」

「會不會是火種本身出了問題？畢竟是第一次投入實戰。」

「你在小看我嗎，四？火種是我一手培育的，牠們能做到什麼程度，這世上我最清楚。我可以很篤定地告訴你，每一個火種都足以媲美魔族精兵，而且絕對不會違背命令，再也沒有比牠們更理想的戰鬥兵器了。」

「那麼，看來原因是出在三十九身上了。」

「遇到無能的指揮官，再強的軍隊也會敗北啊……」

九色星辰的意念在黑暗空間裡迅速交流。雖然事後調查尚未結束，但他們相信問題肯定出在三十九——也就是席德．沙納——身上。

「對了，是誰建議讓三十九負責這個任務的？」

橙色星辰的這句話，成功令眾人安靜下來。

引火計畫是他們所規劃的壯大戰略的第一步，重要性自然不言而喻。計畫失敗，便必須有人負責，哪怕沙納已經犧牲，沙納背後的支持者還是必須付出代價。

「……是我識人不明。」

過了不久，灰色星辰的意念波動率先打破寂靜。

「我很遺憾，九，但規定就是規定。這次任務，眞理之核的評鑑不會有任何放水。」

「我知道。不過，目前應該還沒有人可以取代我。」

「啊啊，沒錯。就算扣了這麼多分，十的成績還是無法超越你。咱們組織的未來眞令人擔心吶。」

橙色星辰的語氣有些無奈。不知是在諷刺對方，還是眞的爲後來者的能力擔憂。

「應該是我們太優秀了。或許該是放緩腳步，好方便下面的人追趕的時候了。要是把距離拉得太大，追逐者可是會喪失幹勁的。」

綠色星辰說了一句玩笑話，原本緊繃的氣氛頓時緩和下來。

「不過，三十九到底是怎麼失敗的？」

「根據五十四的報告，三十九是被四個疑似修行者的傢伙幹掉的。」

「修行者……？那不是小說虛構的東西嗎？」

「不，似乎眞的有這種人，而且實力很不錯。我猜他們應該是幹掉了三十九，令火種失控，否則無法解釋爲什麼光憑四個人就能對付那麼多火種。」

「智骨、克勞德、金風、菲利……把這四人列入格殺名單吧。敢多管閒事，就得付出相對的代價。」

「哼哼，就某方面來說，這些傢伙應該算是拯救了世界吧？畢竟我們可是打算引發戰爭呢。」

「哎呀哎呀，如果是爐邊故事的話，我們就是大反派，他們則是救世英雄了。」

「呵，世事要是跟童話一樣簡單就好了。」

「如果能夠得窺眞理，我就算當反派也無所謂。」

九色星辰紛紛出言自嘲。他們很清楚自己的行爲會引發何種後果，同時也有承擔後果的自信與覺悟。

「回歸正題吧，我們該考慮後面的事了。星葉家的小鬼呢？還要殺嗎？」

「別開玩笑，收益與付出不成正比。而且如果不是火種殺她，那就沒意義了。」

他們原本的計畫，是讓人造災獸僞裝成魔界軍殺死克拉蒂，藉此激怒克莉絲蒂，讓她全力支持與魔界軍開戰。一旦戰火重啓，他們就有更多機會可以操弄局勢。

「需要準備新的方案了，幸好我們的棋子還有不少。」

「要記取之前的教訓，可不能再失敗了。」

「從哪一邊切入？我建議這次從人類方面下手。」

就這樣，九色星辰開始構思新的策略，爲了再次引燃戰火而努力。

💀💀💀

意識從黑暗深處逐漸上升。

睜開眼睛，映入眼簾的是熟悉的天花板。

「……又是這裡。」

智骨一邊呢喃，一邊從床上坐起。

不知是巧合還是刻意計算好的，房門在這時打了開來。一名穿著白色短裙的美女走進房間，看見智骨醒來，她點了點頭。

「復活了啊。要出院嗎？還是要再躺一下？」

美女的語氣像是跟熟人講話一般。智骨試著轉動身體關節，確定沒什麼問題後，對她說道：

「我要出院。麻煩妳了，護士小姐。」

「跟我走吧。剛好我要回前台，順便幫你辦手續。」

智骨跳下病床，他沒有行李，只要穿上在床邊疊好的衣服後就可以走了。

「說真的，你不考慮辦一張貴賓卡嗎？住院時，可以免費升級成高級病床哦。床又大又軟，伙食也很好，藥也是高級品。」

途中美女護士不斷向智骨推銷申辦貴賓卡的好處。在魔界，醫院護士的工作內容非常繁雜，除了照顧病患，還要處理各式各樣的行政工作，現在似乎還要再加上一個業務推銷的樣子。

「不用了。只要給我一張床就夠了。」

智骨毫不猶豫地拒絕了。

身為不死生物，醫院這種地方理應與他絕緣，但是礙於「重傷者必須送院治療」這條軍規，智骨不得不住院。全身骨頭都被砸碎的他，無論從哪個角度來看都是重傷到不能再重傷的重傷者。

當然，「重傷者送院」並不適用於所有部隊，不死與狂偶軍團就不受這條規定的限制，可惜智骨如今隸屬超獸軍團，爲了不被憲兵找麻煩，上司都會把他扔進醫院。

「哎呀，像你這種經常住院的客戶，辦貴賓卡眞的比較划算啦。」

「眞的不用了。」

「老實跟你說吧，你辦貴賓卡我可以抽佣。所以辦一張啦，我可以跟你約會哦。」

美女護士用撒嬌般的語氣努力推銷，這筆佣金顯然不少。

「……我是骷髏耶？」

「我知道，我是戈爾貢（蛇髮女妖）。我們之間絕對不可能的，所以可以放心約會。」

美女護士一臉理所當然地說道。智骨無言以對，只能在心中暗暗發誓，死也不辦這間醫院的貴賓卡。

離開醫院後，智骨直接回到了軍營。

一進入副官辦公室，便看見金風與菲利正在玩軍棋。智骨看了一下牆上時鐘，距離下午兩點還差七分鐘。

「哦，復活啦？辛苦了，智骨。」

金風抬頭向智骨打招呼。智骨點了點頭，他見到菲利以閃電般的速度偷偷換棋，但他什麼也沒說。

「還好昨天有你。黑穹大人那一巴掌可眞恐怖，要是換成別人，鐵定會死。」

菲利接著抬頭說道。智骨看見金風露出一條尾巴偷偷換棋，但他什麼也沒說。

「說來眞羨慕克勞德啊，黑穹大人昨天發洩過了，今天看起來心情不錯。」

「不，這很難說喲。要是黑穹大人又因爲什麼事激動起來，今天晚餐搞不好會出現牛肉加菜。」

「想太多了，哪有這麼多事可以讓她激動啡。」

「凡事都要做最壞的打算嘛。」

金風與菲利一邊說話，一邊暗中換棋。菲利依靠技巧，金風則是利用尾巴，兩人的視線從頭到尾都沒有看向桌上的棋盤，如此熟練的作弊手法，令智骨大開眼界。

「啊，對了。黑穹大人有交代，說要是你回來了，就立刻去找她。」

「你不早說！」

智骨聞言連忙跑出辦公室。數秒後，他身後便響起打架的聲音。

智骨快步走向軍團長辦公室，猜測究竟是爲了什麼事找他。

……想不到。算了，大概不是壞事吧。

根據金風與菲利的說法，黑穹今天的心情不錯。軍隊是一個非常講究連帶責任的地方，部下的錯誤會牽連上司，哪怕上司完全不知情，也會被扣上一頂領導不力的帽子。因此要是智骨惹上麻煩，黑穹的心情多少會受到影響。

難道是上次的任務？我們應該幹得還不錯……

距離代號「開拓」的人類接觸行動已經過了一星期，智骨將報告書與百魔之眼上繳後，司令部一直沒什麼反應，他懷疑司令部恐怕到現在都還沒看報告。「人界軍正在建造新的要塞」、「人類疑似有辦法控制大量災獸」，這兩件事無論從哪個角度來看都屬於最高級別的重要軍情，但對於已徹底陷入怠惰之沼的高層來說，這些事情恐怕都沒有下午茶的菜單內容來得重要。

智骨就這樣一邊腹誹高層，一邊來到了軍團長辦公室，就在他準備敲門時，大門突然爆碎開來！

「唔哦——？」

智骨反應極快地臥倒在地，在此同時，有什麼東西高速掠過他的後腦勺，並且重重撞上牆壁。智骨保持著臥倒姿勢抬頭一看，發現有一名紅髮青年被嵌入牆中。

那是他的同僚，牛頭人克勞德。

此時的克勞德翻著白眼，嘴角溢血，顯然已經失去意識。他的胸口有一處深深的凹陷，看起來應該是被什麼沉重的東西給擊中的樣子。一股強烈的寒意頓時貫穿智骨的脊椎，他連忙從地上爬起，小心地窺視辦公室。

辦公室裡站著一名美少女。

美少女有著一雙黑色的美麗眼睛，以及與眼睛同色的直長黑髮。身材嬌小，五官精緻，雖然身穿軍裝，但看起來毫無英氣，反而散發出一種異樣的魅力。然而智骨根本無心感受那股魅力，此時他的心中只有戰慄。

眼前的黑髮美少女正是黑穹，而且表情相當不爽。

「報……報、報告！上、上尉智骨，請、請、請示進入！」

智骨站在門外高聲喊道，因爲太過恐慌，連話都說不清楚了。

「進來。」

「是，謝謝將軍！」

智骨走進辦公室，同時迅速打量四周。辦公室裡的家具很完整，地上有一份文件，沒什麼異常之處。憑藉長期——其實也不到一年——的工作經驗，智骨推斷出那份文件肯定就是一切的源頭。

想必黑穹的心情原來是不錯的，只是臨時收到一份文件，晴朗的心情瞬間變得烏雲密布，於是下意識揮拳發洩，結果剛好站在黑穹旁邊的克勞德就倒楣了。能將抗揍的牛頭人打到失去意識，可見那一拳的力道有多可怕。

「黑穹大人，我——」

「拿去看。」

黑穹打斷智骨的話，同時指了指地上的文件。智骨連忙撿起文件，在讀完裡面的內容後，他訝異地瞪大雙眼。

這份文件其實是命令書，由要塞司令官雷歐親筆簽署，要求超獸軍團長黑穹進行一項機密作戰。在這項機密作戰中，黑穹被賦予極高的自主權，司令部不過問經過，只要求結果。

這項機密作戰的內容是——潛入敵人的新要塞，探查對魔界軍有益的情報，作戰時間限定一個月。

簡單地說，這是一份諜報任務。

無論從哪個角度來看，這個命令都不合理到了極點。

諜報是一項非常專業的工作，必須掌握許多特殊技能，戰鬥力反而不是特別重要。把這個任務交給將「肌肉可以解決大部分問題」當成座右銘的超獸軍團，怎麼想都是搞錯了對象。

另外，這任務最不合理的部分就是司令部要求有兩個人一定要加入這項機密作戰。

那兩人正是——黑穹，以及智骨。

《明明是魔族的我，爲什麼變成了拯救人界的英雄？vol.1》完

祭品上任

魔界軍・超獸軍團——以獸類與半獸類魔族為主力的軍團，以無雙的破壞力著稱。
轉調到完全陌生的地方，
而且還是擔任軍團長副官……
空降的幹部通常都不會受歡迎……
沉重…
不過我已經有覺悟了！
咚！
打擾了！
上尉智骨前來報到！
ELCOM
LOVE
歡迎
超受歡迎!?

後記

天罪

……感覺很久沒寫後記了。

呃，不對，不是感覺，而是眞的很久沒寫後記了。上次爲作品寫後記是二〇二〇年的事，現在已經是二〇二二年，時間眞是可怕的東西！

世界在這兩年也充滿了變化，以我個人來說，最大的變化就是由全職作家變成了兼職作家。理由？因爲沒錢——不對！是因爲某一天我在思索「生涯規畫與社會經濟之連動趨勢對家庭生活水準之影響」的深刻議題時，得到了沉重且嚴肅的結果，於是決定踏上轉職之路。

至於結果有好有壞，如果用電玩來比喻，就是「肉體疲勞度ＵＰ！心靈疲勞度ＵＰ！可支配金錢ＵＰ！」這樣的感覺吧，不過體重下降倒是意料之外的收穫。因爲可以自由運用的時間變少了，所以寫稿速度也慢了很多，但總體來說還是向著好的方向發展。

另外，這次的書名有點長……好吧，我知道不是有點，而是很長，連出版社都在吐槽：「你想打破我家出版作品最長書名的紀錄嗎？」我彷彿可以聽見他們沒有說出口的另一句話：「要打破就請打破銷量紀錄！」

還請各位諒解，有趣又不流於庸俗、簡潔又不流於簡陋、易懂又不流於隨便的書名，實在不是那麼好取的，所以我才會決定模仿一下現今輕小說的流行書名取法，下一部作品應該、大概、也許不會再這樣了（如果還有下一部的話）。

感謝魔豆文化的編輯，細心認真，為本書的問世提供了重要的助力。感謝繪師@ichigo老師，為角色賦予了漂亮帥氣的形象。感謝各位讀書，為本書的延續做出了重大貢獻。

提前劇透，下一集劇情將會有出乎意料的發展，還請各位不要錯過喲。

明明是

魔族的我，

為什麼變成了

拯救人界的英雄？vol.2

◇下集預告◇

明明是來刺探軍情的我，
爲什麼變成了人界軍裡最受歡迎的存在？

要塞選拔，偶像當道！
智骨與長官黑穹搭檔的諜報任務，
除了大膽潛入行事，更嚴謹地參考了範本，
挑戰獲取情報的終極偽裝策略——

「不對不對，要當偶像明星的不是我，是你。」
「……欸？？？？？」

★★★★出道首秀
～2023 國際書展，敬請期待～

國家圖書館出版品預行編目資料

明明是魔族的我，爲什麼變成了拯救人界的英雄？
／天罪 著.
——初版. ——台北市：魔豆文化出版：蓋亞文化
發行，2022.11
冊；公分.（Fresh；FS200）
ISBN 978-626-95887-6-3（第一冊：平裝）
863.57 111013899

fresh FS200

明明是魔族的我，為什麼變成了拯救人界的英雄？ vol.1

作　　者 天罪
插　　畫 @ichigo
封面設計 木木lin
助理編輯 林珮緹
總 編 輯 黃致雲
發 行 人 陳常智
出 版 社 魔豆文化有限公司
發　　行 蓋亞文化有限公司
地址：台北市103承德路二段75巷35號1樓
電話：02-2558-5438　傳眞：02-2558-5439
電子信箱：gaea@gaeabooks.com.tw
投稿信箱：editor@gaeabooks.com.tw
郵撥帳號 19769541　戶名：蓋亞文化有限公司
法律顧問 宇達經貿法律事務所
總 經 銷 聯合發行股份有限公司
地址：新北市新店區寶橋路二三五巷六弄六號二樓
電話：02-2917-8022　傳眞：02-2915-6275
港澳地區 一代匯集
地址：九龍旺角塘尾道64號龍駒企業大廈10樓B&D室
電話：+852-2783-8102　傳眞：+852-2396-0050
初版一刷 2022年11月
定　　價 新台幣 280 元
Published and printed in Taiwan

ISBN 978-626-95887-6-3

魔豆

魔豆